KB003803

작은파리에서

작은파리에서 일주일 후...

니체나 푸코는 왜 램프나 집처럼 인생 자체도 예술작품이 되지 못하는가 하며 틀에 박힌 삶을 한탄했다. 인생을 예술작품으로 보는 극단적인 유미주의이다. 잡스가 지금 우리 사회를 휩쓸고 있다. 그의 인생이 예술 같으니 사람들이 열광한다. 물론 예술이 늘 행복한 건 아니다. 고통이 수반되나 그 고통을 승화한다. 여행도 즐거움을 추구하나 늘 즐거운 건 아니다. 사실 '사서 고생' 하며 새로운 것에 대한 갈망을 채운다. 세속에 빠지지 않고 무언가 탁월하려고 애쓰는 초월적 삶을 추구함은 고통을 감내하며 살아가는 사람들의 아름다운 모습이다.

책을 위해 애써준 세 사람의 고통과 인내가 참 고맙다. 카이스트 문화기술대학원에 재학 중인 이윤진은 사진과 글을 보며 원고를 완성하는데 많은 도움을 주었다. 깍쟁이 같은 요즘 세태의 친구들과는 다르게 진지하고 순수한 열정으로 가득하다. 그리고 나의 아들. 아빠의 여행에 멋모르고 멋진 유럽을 그리며 동행했다가 '고생을 사서하고', 그러고도 어린 중딩의 나이에 불평 한마디 없이 많이 보고 들으려 한 자세가 참 대견하다. 마지막으로 가쎄 김남지 대표님. 하나하나 책을 세상에 내놓는 그 노력이 결코 가볍지 않다. 책은 적어도 세속에 물들지 않아야 한다는 소신이 너무 멋지다. 이들의 인생에 아름다운 이야기들이 피어나기를 바라며 글을 맺는다.

작은파리에서

ⓒ유승호 2012

초판 2쇄 인쇄 2012년 5월 13일
초판 1쇄 발행 2012년 1월 23일

글 사진 유승호

펴낸곳 도서출판 가쎄 [제 302-2005-00062호]

주소 서울 용산구 이촌동 302-61 jeil 201
전화 070. 7553. 1783
팩스 02. 749. 6911
인쇄 정민문화사

ISBN 978-89-93489-17-0

값 12000원

이 책의 판권은 지은이와 도서출판 가쎄에 있습니다.
이 책 내용의 전부 또는 일부를 재사용하려면 반드시 양측의 서면동의를 받아야 합니다.
www.gasse.co.kr

작은파리에서

작은 파리에서 일주일을

살다 보면 바쁜 일상에 지치고, 지치다 보면 생각할 겨를도 없다. 그게 일상이다. 그러나 일상도 해석하려 애쓰다 보면 발견하는 것들이 종종 있다. 집 건조대에 걸린 옷들을 말리는 일은 일상이지만 이를 해석하려 하다 보면 달리 보인다. 평범한 것들이 새로워 보인다. 늘 보는 것들이니 보는 방법을 바꾸는 거다. 여행은 그런 것이다. 여행은 다 새롭다. 그러니 자연스레 왜 저럴까에 대한 의문과 의욕이 들게 마련이다. 바쁜 일상에 치이기보다는 그 일상을 해석하고 발견하는, 한마디로 일상에 의미를 부여하는 일이다. 물론 그런 해석이 꼭 여행일 필요는 없다. 평생

HOTEL DE L'UNIVERSITE

같은 길을 산책하는 칸트는 철학으로 해석하고, 여행에 미쳐 병들었던 멘델스존은 음악으로 해석한다. 그런 극단은 평범한 일상과는 차이가 크지만, 우리도 이와 마찬가지로 짧은 일주일을 여행으로 해석할 수 있다. 이행을 통해 도시를, 거리를 해석하고, 표정을 해석하고, 간판을 해석하고, 식하장을 해석하고 그러다 보면 어느새 나 자신을 스스로 해석하고 있다.

새해가 오면 올여름 휴가 때 여행할 날짜를 표시한다. 그리고 난 뒤 틈틈이 도시를 고르는 작업에 돌입한다. 지인들을 만날 때 대화의 화제로 올려 "어느 도시가 좋았어요?"라고 물으면 각자의 도시이야기를 들을 수 있어 좋다. 사람들은 저마다 자기만의 도시들을 갖고 있었다. 경남 통영에서 강원도 정선까지, 스페인 세비아에서 덴마크 코펜하겐까지 그 도시의 분위기는 각 사람의 경험 속에서 다시 해석된다. 각자의 경험들은 이야기로 풀어지고 그러다 보면 대화가 더 즐겁다. 서로의 해석을 통해 세상을 다르게 바라보는 것을 확인하면 신기하다. 같은 풍경과 모양을 어찌 그렇게 다르게 볼까. 그래서 사람이다. 저마다 다른 유전자에다 다른 상황과 환경으로 커 왔으니까. 물론 때로는 서로 통하는 얘기에 놀랍고 즐겁다. 그래서 또 사람이다. 사람이니 비슷한 각성의 지향점이 있겠지. 공감과 관용은 유사어가 아니고 반의어이다. 공감은 공통점의 수용이고 관용은 차이점의 수용이다. 같은 느낌으로 공감하며 다른 견해에 관용하는 인간애. 여행은 그래서 좋다. 돌아올 때면 공감과 관용이

petit Paris

내 마음에 쌓여 팍팍한 일상에 조금씩 흩뿌려진다. 솜씨 있게 잘 뿌리면 몇 개월은 '박카스'다.

'작은 파리'는 이번 여행에서 내가 머문 두 도시, 파리와 리옹이다. 이유는 좀 궁색하다. 짧은 여행객으로서 파리의 유명하다는 중심부만 봐서 파리의 작은 부분이란 뜻이고, 또 리옹은 프랑스의 두 번째 큰 도시이지만 쁘띠 에펠탑이 상징하듯이 작은 파리라고도 불리니까 그렇게 이름 붙일 수 있겠다고 생각했다. 글은 연상된 기억과 섞인다. 첫째 날의 기억을 쓰다가도 마지막 날의 사건이 연상되지 않던가. 그게 또 여행의 묘미 아닌가. 인생은 '잘못된 기억의 연속체'다. 기억이 나의 삶을 평가하니 기억에 의지했다. 물론 그 기억은 객관적 사실체가 아니라 감정의 왜곡체이다. 다행히 나는 여행안내자가 아니니 복기의 기억으로부터는 자유롭다. 여행안내서는 이제 스마트폰으로도 충분하다. 낯선 여행지에선 맹인이 되는 우리를 잘 인도해주는 맹인안내견 같으니까. 그런데 우리에게 정작 필요한 건 맹인안내견이 아니라, 인생안내견이다. 그 탓일까. 여행 내내 오른손으로는 작은 파리를 만졌고 왼손으로는 내 인생과 우리 사회를 더듬는 서투른 양손잡이가 되었다.

# 마레에서의 첫째 날, 쁘띠(Petit)에 대하여

14번째 사람이 되라.

　도시는 14번째 사람을 낳았다. 도시는 사람이 모이는 곳이고 모이다 보니 모임들이 많이 생긴다. 도시는 그 크기에 비례해서 분업이 발달하고 그러다 보니 큰 모임에서도 그 모임에 윤활유 역할을 하는 직업들이 생겼다. 파티플래너의 원조는 14번째 사람이다. '14번째 사람'은 파티에 참석하는 인원이 열세 명인 경우, 불길한 숫자를 피하여 14번째 자리를 신속하게 채워주기 위해 모임에 적절한 복장을 하고 참석해주는 사람들이다. 14번째 사람은 파리에만 있었다. 이들은 집에 간판을 달고 이 일에 종사했다. 그만큼 파리는 사교의 고장 파티의 고장이었다. 지금으로 치면 네트워크의 거점이었으니 권력의 거점이 되는 것이 당연했다. 영화가 파리에서 시작된 이유도 기술적 과시욕이 가능했기 때문이었다. 주위에 평가하고 칭송하는 '아는 사람'들이 많아야 재미있고 흥이 나는 건 당연지사다. 박수 쳐주는 사람도 없는데 남들에게 보여주고 자랑할 만한 영사기술을 만들 이유가 없다. 14번째 사람이 직업으로 등장한 파리는 그 하나의 사실만으로 역사상 최초의 네트워크 수도, 접속의 수도로 등극한다. 레스토랑이라는 이름 또한 1765년 파리에서 처음 시작되었다. 이는 불랑제가 파리에서 처음으로 팔기 시작한 스태미나 수프에서 나왔는데, 이것은 양의 발로 만든 수프로 당시 굉장히 유행하였다고 한다. 그래서 수프가 원기를 보충하고 체력을 회복시킨다는 뜻의 '레스토레(restaurer)'라고 표현된 것에서 레스토랑이라는 단어가 유래되었다. 최초의 레스토랑은 아직도 파리에 남아 역사를 이어가고 있다.

그러나 극단적인 분업화는 부분적인 능력만 요구하지 전체적인 능력은 무시한다. 부분적 능력이 증대하면 개인의 인격 전체는 위축되게 마련이다. 그래도 대도시에서는 분화의 심화로 새로운 직업들이 계속 생성된다. 이런 대도시의 문화 때문에 개인주의의 설교자들, 특히 누구보다 니체는 대도시를 증오했다.

파리의 지하철을 타고 맨 처음 가본 곳은 마레 지구와 시떼섬이었다. 에펠탑 같은 파리의 상징보다는 대도시에 종속되지 않고 그 속에 유유히 떠 있는 개인들의 섬 집합체를 먼저 보고 싶었다. 마레 지구에 작은 가게들이 많다는 소문은 익히 들어왔다. 파리여행에서 시간이 남아돌 때나 들러보지 굳이 갈 필요 없다는 충고도 있었다. 그러나 그런 편견이 도리어 나를 마레로 당겼다. 어찌 작은 가게들이 오래 생존할 수 있을까. 우리는 공룡이 아니면 모두 쉽게 사라지고 바뀌고 마는데.

마레와 시떼에 꽉 찬 쁘띠들의 거리는 그렇게 개인주의가 대도시에서도 생존하고 있음을 증명했다. 대도시의 극단은 도시 중심부의 백화점과 명품가, 그리고 도시 외곽의 거대 시장에 버티고 섰다. 보보스 소비군단들은 자신의 스타일로 무장하고 오페라극장에 진을 쳤다. 대도시의 분업이 파리의 다른 곳으로 확산되지 못하도록 폐쇄하고 자기들만의 공간을 구축했다. 그건 사실 감사할 일인지도 모른다. 과식에 지배당해 아무거나 마구 먹어치우는 한국의 천박한 부자와는 달리 '소식하는 고급스러움'을 과시하는 수준에 머물러 파괴적이지는 않았기 때문이다. 또한 그건 파리라는 코뮌의 전통으로 이어진 공간이 여전히 최첨단 자본주의 시대에도 면역력을 발휘하는 토양균으로 작용했을지도 모른다. 그러나 한 가지 분명한 게 있다. 그것은 그 어떤 외부의 지배에도, 그것이 경제력이든 정치력이든 물리력이든, 파리지앵에게는 먹혀들지 않는다는 것이다. 비 오는 날, 파리의 생제르맹 거리로 나갔다. 그곳에서 사람들은 줄을 서서 사은품을 받는다. 사람들이 여기저기 도로를 건너며 이쪽 저쪽으로 왔다갔다 분주하다. 짧은 횡단보도에 신호등의 초록색 깜빡임은 별 의미가 없다. 그냥 다들 건너온다. 그러다 큰 버스가 빵빵하며 자전거 탄 젊은 여자가 지나는 횡단보도 옆에 살짝 정차한다. 그리고 버스 운전사의 창문이 열렸다. 나는 사실 그때 버스기사가 자전거 탄 여자를 야단치는 줄 알았다. 그게 한국에서 보는 일반적인 광경이다. 아, 기사분이 한마디 하겠구나. 어? 그런데 상황은 정반대다. 자전거를 타던 젊은 여성이 기사 창문 옆으로 가서 또박또박 높은 톤의 목소리로 우락부락한 표정을 지으며 훈계한다, 불어를 알아듣진 못했지만, 그 표정과 제스처로 뻔히 알 수 있는 상황이다. 그 운전사는 아무 말 하지 않고 시선을 다른 곳으로 돌린다. 자전거 여인은 유유히 다시 페달을 밟고 자기 길을 떠났다. 파리는 그런 곳이었다. 대도시 파리에서 파리지앵은 '각 각의 개인'으로 살아 있었다.

그래 나는 온전히 시퍼런 개인으로 살아본 적이 있었던가? 세상의 명성에 세상의 눈에 세상의 인식에 세상의 요구에 아랑곳없이 진정한 개인으로 살아온 적이 있는가? 여행에서 이제야 개인주의가 개화한다. 정복과 약탈을 위한 '출정' 밖에 없었던 중세에서 근대로의 이행은 여행으로도 대표된다. 나의 시각적 즐거움과 사유 그리고 새로운 지식과의 만남이라는

것은 지극히 개인적인 것이며, 그래서 여행은 진정한 개인을 끊임없이 일깨운다. 여행할 때 내 주위에는 나의 지위로, 나의 지식으로, 나의 출신으로 나를 판단하는 이가 없다. 여행객은 권력과 신분으로 판단할 수 없는 무지의 장막을 실천하는 사람이다. 그래서 여행을 좋아하는 사람들은 대부분 아주 정의롭다. 여행하면서 만나는 사람들도 자신들과는 앞으로 아무 관련이 없을 그냥 스쳐 지나는 사람이다. 그렇지만 단 한 번뿐인 만남에 경배한다. 그건 단 한 번뿐이기에 무시하는 것이 아니라 그 단 한 번은 결국 영원으로 남기 때문이다. 단 한 번의 기억이므로. 불확정적인 첫인상의 이미지에 경배하는 것이다.

모르는 타인으로부터 받은 단 한 번의 친절 때문에 특별한 일 없었던 여행도 따뜻한 기억으로 남는다. 리옹에서 길을 헤매며 지도를 볼 때 다가와 친절히 알려주려던 리옹의 젊은 여인들. 어눌한 영어로 그들은 나에게 어떤 길을 찾느냐고 물었다. 그래서 나도 설명하기 어려운 부분이라(지도 상에는 점선으로 표시된 숨은 길이었다), 대충 같은 방향인 지하철역 방향을 찾고 있다고 했는데, 너무 자세히 지하철역 방향을 알려주는 바람에 그들이 나의 방향을 가르쳐주고 사라질 때까지 다시 내 길을 가기 위해 기다려야만 했다. 그런 기억이 소중하고 오래 남는 이유는 무얼까.

우리는 이렇게 작은 일에서 오래도록 행복할 수 있는데, 도대체 어떤

싯이 우리의 행복을 이렇게 강력하게 방해하는 싯일까. 그건 30센티미터
밖에 안 되는 머리와 가슴을 도저히 만나지 못하게 하는, 머리와 가슴을
분리해서 한 분야만 강해지라고 말하는 자본주의의 분업원리는 아닐까.
'분업의 생산성'과 '인간관계의 생산성'은 결코 양립할 수 없다. 그러
나 영 방법이 없는 건 아니다. 14번째 사람을 다시 끌어들이면 된다.
'14번째 사람'은 맨 끝의 사람이긴 하지만 사실 미들맨이다. 그리고 카
드의 14번째인 조커의 역할이다. 만능재주꾼이어야 하고, 중간에서 분
위기를 맞춰주어 그날의 흥을 돋워야 한다.

　미래는 미들맨의 시대란다. 세계 교역에서 중요한 역할을 하는 번역
자, 디자이너, 컨설턴트 등이 미들맨이다. 그러나 미들맨은 이미 18세기
파리에서 존재했다. 13명이 모여 악마의 숫자로 시작할 썰렁한 분위기
를 좋게 만드는 미들맨. 이 14번째 사람의 직업적 역량이 결국 그날의 파
티 분위기를 결정한다. 조커도 그렇다. 조커도 13개의 카드 종류 속에서
그날의 카드게임의 무드와 분위기를 결정한다. 조커를 가지면 이놈을 어
떻게 쓸까 그 활용을 고민하게 된다. 미들맨이 조커의 역할이다. 스트레
이트 플러시에서 하나만 부족하면 조커로 때울 수 있다. 반면 조커는 게
임을 망치기도 한다. 게임의 룰을 정하면서 조커를 가진 사람에게 벌칙
을 더 심하게 주기도 한다. 조커를 가지면 게임 중간에 신체형 벌칙을 받
기도 한다. 이렇듯 조커는 운을 관장한다. 크게 보면 신의 장난꾼이고,

petit Paris

작게 보면 우연조작꾼이다. 조커 패는 사랑과 전쟁과 질투와 전복의 묘약이다. 세상은 분업 될수록 그 분업을 잇는 중간자가 더욱 필요하다. 중간자는 거간꾼으로 가격을 조작하는 사기꾼이 더 이상 아니다. 분업으로 부분화되어 혼자서는 이룰 수 없는 사람들에게 때마다 출현해서 꿈을 현실로 만드는 신 도깨비들이다. 조커 같은 사람은 그래서 더 사랑받는 존재가 될 게 분명하다. 물론 사랑이 꿈이 아닌 현실로 만들어질 때 모두 좋은 결말로 끝나는 건 아니다. 때로는 그냥 꿈만 꿀 걸 하는 후회를 낳기도 한다.

***

씨떼섬에는 파리에서 가장 큰 꽃시장이 열리는 곳이 있다. 씨떼역 바로 앞에 위치한 이곳에 가면 꽃부터, 원예도구, 꽃향기를 담은 목욕 용품까지 꽃에 관련된 모든 걸 만나 볼 수 있다. 일요일 오후에는 상점 일부가 새 시장으로 변하기도 한다. 볼거리도 많지만 통로를 들어갔다가 나오면 몸에 향긋한 냄새가 밸 정도로 시장의 향기도 진하고 좋다.

쁘띠 쇼콜라.

파리와 리옹은 각각 쁘띠와 그랜드라는 전도의 관계를 스스로 인정하지만, 실상은 모두 쁘띠다. GRAND LYON이라 스스로 칭하는 리옹의 중심 푸르비에르 사원 옆에는 에펠탑의 모양을 그대로 본뜬 쁘띠 에펠탑이 있다. 프랑스는 온통 쁘띠다. 거리에는 쁘띠라는 이름을 단 간판들이

SAINT LOUIS    FROMAGE VIN EPICERIE

넘쳐난다. 가게 이름에 이렇게 쁘띠가 많다는 것은 그만큼 쁘띠에 대한 존중을 하고 있다는 의미이다. 양이 많은 데는 그만한 이유가 있다.

여기서 쁘띠는 장인이다. 장인은 손을 쓰고, 손은 작다. 쁘띠는 섬세함이다. 반대로 거대한 손은 섬세함에 약하다. 작은 가게들은 이것저것 모아놓고 프랜차이즈를 기대하며 치고 빠지는 장사를 하는 것이 아니다. 쁘띠는 나의 존재를 공간적 확신이 아닌, 시간적 심연 속에 포섭시킨다. 우리는 쁘띠란 이름을 붙인 가게를 들릴 때마다 그 고유의 냄새를 느낀다. 흘러온 시간의 향기가 느껴지는 그 가게만의 특이한 냄새. 라탱가의 작은 서점 세익스피어앤컴퍼니에서도 그랬고, 치즈가게에서도 그랬고, 쇼콜라티에의 샵에서도 그랬다.

프랑스 초콜릿은 전 세계적인 프랜차이즈를 구축하고 있다. 그런데 이들 초콜릿의 프랜차이즈는 다른 나라로 갔으면 갔지, 자국의 다른 지역으로는 가지 않는다. 왜 그럴까. 파리의 유명 쇼콜라티에 가게가 리옹에는 없었지만, 도쿄나 런던, 뉴욕에는 있었다. 어찌 된 일일까. 나는 답을 이렇게 찾았다. 쁘띠의 나라에서는 자국의 쁘띠를 존중한다. 그럼 다른 나라 쁘띠는 존중하지 않는 건가. 다른 나라에서는 파리의 초콜릿이 또 다른 쁘띠가 될 수 있으니 수출도 하고 프랜차이즈도 한다. 그러나 리옹에서는 그 지역적 전통을 가진 초콜릿 브랜드들이 자리를 지키고 있다. 서로 싸워야 맛을 다투며 경쟁력이 향상되어 산업이 발전하는 것이 아닐까? 그러나 그건 우리나라에 만연한 시장논리일 뿐이다. 모든 것을 표준화시키고, 보편화시키는 시장은 모든 것에 랭킹을 매길 수 있게 전일화시킨다. 우리는 예전부터 신분으로, 직업으로, 평수와 등수로 줄서기를 강요당했다. 화장실 앞 줄서기는 익숙지 않은데, 권력자 앞에 줄서기는 익숙하다. 줄서기 경쟁에 익숙해 왔고 그것에 체화되었다. 우리에게 지역의 전통 과자, 지역의 전통 술 주조, 지역의 국수말이는 아주 작게만 존재할 뿐 산업으로는 사라진 지 오래다. 우리에게서 큰놈이란 작은놈을 잡아먹는 존재다. 왜 큰놈은 작은놈을 보호해주는 존재로 인지되지 못할까.

시장주의자의 나라에서 온 사람이 쁘띠의 나라에서는 당연한 쁘띠의 존재들을 낯설게 바라본다. 프랑스에서는 쁘띠라고 이름 붙이는 것이 전혀 창피한 일이 아니다. 오히려 자랑스럽다. 이제 우리나라에서도 작은, 혹은, 어떠한 작은 작은 작은 곳에서 많은 이들의 사라진 거세에 급속에서진 원한다. '작은 슈퍼'란 가식 언어들이 나붙은 가게에서 똑같은 상품들이 떠다니는 거리로 싸늘해지길 원하지 않는다.

마레지구의 작은 옷 가게들과 저만의 상표들은 명품도 아닌 것이 중저가이면서 자기 브랜드를 고집한다. 손님들은 가게 주인을 키우는 또는 존중하는 예술에 대한 긍정적인 의도를 구매를 통해 내보인다. 이들을

장인으로 볼 뿐 멸시란 개념은 어디에도 없다. 마레에서 만났던 한 갤러리 주인 아저씨의 자신감도, 초콜릿 쇼콜라티에의 자신감도, 향초 예술가의 자신감도, 옷 가게 점원의 자신감도 모두 그런 것이다. 그것이 바로 프랑스 쁘띠의 힘이다. 그런 힘은 오래오래 갈수록 좋다.

***

파리의 거리를 걷다 보면 수많은 쇼콜라티에 샵들을 만나볼 수 있다. 그 중 가장 유명한 3대 쇼콜라티에 샵은 피에르에르메(Pierre Herme), 라메종뒤쇼콜라(La maison du chocolat), 장폴에방(Jean paul hevin)이다. 피에르에르메와 라메종뒤쇼콜라는 샹젤리제 거리에서, 장폴에방은 방돔 광장 근처에서 찾아볼 수 있다. 그런데 이곳 파리의 초콜렛숍에 두세 군데 들러 보니 모두 나를 일본인인 줄 안다. 들어간 곳마다 바로 일본말로 응대한다. 알고 보니 일본인들 중 수제 초콜렛 광이 많다고 한다. 비싼 곳이어서 그런지 점원들도 엄청나게 친절해 부담될 정도다. 궁금한 것도 별로 없고 구경만 할 거여서 한국인이라고 굳이 밝히지 않고 나왔다.


쁘띠는 보보스다.


쁘띠와 보보스는 서로 잘 통한다. 리처드 스타는 보보스에 대해 '작은 것들의 완벽주의(the perfectionism of small things)'라고 말했다. 가령 테라코타로 빚은 빵 그릇을 모아 나란히 진열해 놓는다고 하자. 이는 사소한 물건인 것 같지만 빵의 숨쉬기를 높여 주는 방법이다. 그들은 자동차 타이어 흙받이 때문에 몇 시간씩 고민하기도 한다. 성능이 우수

하면서도 너무 튀지 않는 것을 찾기 위해서 엄청난 사고력을 집중한다. 그들은 카탈로그를 샅샅이 뒤져 많은 사람들이 세계에서 가장 좋은 제품이라고 믿고 있는 스위스제 KWC 수도꼭지를 마침내 찾아낸다. 그리고 당신의 크리스마스트리 전구들이 요즘 것보다 크기가 약간 더 큰 1933년의 명품일 때, 아마 당신의 고상한 손님들은 옛 장인 정신에 대한 당신의 감각을 칭찬할 것이다. 누구도 저녁 식사 자리에서 다이아몬드 목걸이에 대해 얘기하기를 원하지는 않지만, 집주인의 아프리카 스타일 샐러드 포크를 가지고 대화를 시작하는 것은 멋진 일이다. 이 아이템이 작을수록 그리고 사회적 행동과 인간될수록 더 칭찬받을 일이 된다. 세심하게 생각하고 구매한 것이기 때문이다. 이들은 부르주아의 핵심적 행위인 쇼핑을 예술과 철학으로 그리고 사회적 행동으로 바꾸고 있다.


몽마르트르의 벽에 갇힌 조각가.


몽마르트르의 '벽을 드나드는 사람' 동상도 그렇다. 그것을 만든 예술가는 당연히 유명하지만, 그 벽을 만든 사람도 있을 텐데. 벽돌장이는 예술가였을까? 우리에게 벽돌장이는 그냥 쟁이일 뿐이다. 하지만 이곳 '벽을 드나드는 사람'의 벽은 남달랐다. 그 이유는 벽돌을 쌓는 사람이 예술가이거나 아니면 예술가가 벽돌을 쌓을 수 있거나 둘 중 하나일 게다. 그러나 그것뿐일까. 물론 하나의 답이 더 있다. 그건 이 둘의 소통이

잘되는 경우다. 둘의 존재는 독립되어 있지만 상호 의존할 수 있다. 이건 영어로 해야 제맛이 난다. 인디펜던틀리 디펜던트(independently dependent)이다. 내가 무척 좋아하는 말이다. 벽 예술은 독립적이면서 상호의존적인 예술가와 벽돌공 둘 사이에서 나왔다. 거기엔 어떤 위계도 어떤 질서도 어떤 종속도 없다. 그러면서도 서로 존중하고 협력한다. 서로 내버려두고 잡아먹지 않는 풍토가 멋지다. 나는 몽마르트르 언덕에 기대선 채 벽돌공도 예술가가 되고, 예술가도 벽돌을 쌓고, 서로 소통하며 벽에서 예술이 탄생하는 장면들을 떠올렸다. 그리고 난 뭐 바로 아웃 상식의 패러독 한나이 후속 장면으로 걸쳐진다.

예술은 이제 선택이다. 익숙한 것을 벗어난 선택. 그것은 누구에게나 주어진 권리다. 그 권리를 사회적으로 부여하는 사회 시스템, 그게 톨레랑스일 것이다. 우리나라에서 벽돌공이 예술을 한다고 하면 당연히 벽돌공의 일을 예술가가 되기 위한 아르바이트쯤으로 생각할 텐데. '벽돌공 일을 끝내고 언제쯤 예술가가 될까. 예술을 아는, 예술을 하는 벽돌공은 없을까. 이제 한국에도 예술 벽돌공이, 벽돌 예술가가 생길 때도 되었는데.' 몽마르트르의 벽에 갇힌 조각가와 잠시 한국을 위한 대화를 나누니 썰렁한 농담이 되고 이내 머리에서 지워진다.


쁘띠는 강력하다. 쁘띠의 존재를 인정하면 그것이 쉽게 세상에 퍼진다. 권력은 늘 어느 한 곳에 집중되나, 그것을 떠받치고 유지하는 것은

# Petit Pan

한 명 한 명의 개인이다. 그게 최고 선진국들의 인프라다. 일본과 프랑스, 독일 같은 장인들을 기반으로 한 선진국들은 늘 국가위기를 이야기하지만, 결코 쉽게 무너지지 않는 그물망의 국가다. 철옹성은 포탄 센 놈 한방이면 쉽게 무너지지만 그물망은 한쪽이 뚫려도 큰 문제가 없다.

매년 우리는 각 대학의 취업률, 평판도로 명문대 순위를 발표한다. 전국의 대학을 줄 세우고 아무런 특징도 없는 대학들로 만들고 만다. 그리고 사람들은 그런 일렬로 줄 세운 대학의 맨 앞줄에 들어가려 모든 걸 건다. 언론은 한국의 교육이 문제라며, 뒤로는 그런 교육적 서열화를 조장한 책임을 교묘하게 떠넘긴다. 일본은 어떨까. 매년 취업률을 발표한다. 그런데 그게 대학취업률과 각 대학 취업률 순위가 아니라 고졸자 취업률이다. 고졸자 취업률이 예년보다 떨어지면 사회가 발칵 뒤집힌다. 언론도 그 원인 분석에 많은 지면을 할애하고 방송도 사회의 근간이 흔들린다며 각종 보도와 토론 프로에서 원인을 짚는다. 고졸자 취업률이 가히 최대의 사회문제가 되는 것이다. 우리에겐 상상하기 어렵다. 고졸자 취업률은 정책 당국의 안중에도 없고 언론도 그 문제를 받을 이유가 없다. 그 누구도 관심이 없기 때문이다.

그래서 핵심은 쁘띠이자, 대중성이다. 그 대중성은 사실 대중에 대한 존중과 상통한다. 그걸 확인해준 것은 파리 생제르맹 거리에서 마주친 한 의류상점의 쇼윈도이다. 청소부의 옷도 디자인적 실루엣을 살려 훌륭하게 전시해 놓았다. 이는 청소부 당신들도 존중받아야 하고, 청소는 중요한 전문적 기술을 필요로 하는 일 중의 하나라는 것을 똑같이 전시하는 것이다. 그 전시는 작은 기술을 갖고 가게를 운영하지만 거기에는 나의 삶이 있고, 그 삶은 존중받아야 함을 직언하고 있었다.

***

Place Marcel Ayme: 지라동 거리와 쥐노 거리의 교차로에 프랑스의 소설가이자 극작가인 마르셀 에매의 이름을 따와 만들어진 동명의 광장이 있다. 여기에는 벽에서 튀어나오는 특이한 동상이 있다. 이것은 애매의 유명한 단편 소설 중 하나인 벽으로 드나드는 남자(Passe-muraille)의 주인공 뒤티유윌의 모습을 형상화한 것이다. 그런데 나에겐 벽을 드나드는 남자로 보였던 게 아니고 '벽에 낀 남자'로 보였다. 왜일까. 내 무의식이 아무래도 넣어에 불통한 불안한 여행의 시작 때문에 그리 보였던 것 같다.


소믈리에, 쇼콜라티에, 인간에 대한 '합법적 차별자'


내 옆방의 친구는 늘 이런 말을 한다. "점심 먹으러 어딜 갈까요? 어떤 거 먹을까요?" "아무거나요? 난 다 맛있어요!" 그리고 '된장찌개 어때요?' 하면 '아, 그건 어제 먹었는데요.' 라고 한다. '동태찌개는요?' '그 동태찌개 집은 좀 지겨운데.' 그럼 선택은 곤혹스러움으로 바뀐다. 이럴 땐 구내식당이 최고야. 주는 대로 먹으니까. 결과는 내가 뭘 좋아하는지도 몰라서 그냥 주는 밥을 먹는 최악의 선택으로 귀착된다.

사실 인간의 선호는 불안정하다. 그게 인간의 진실이다. 사람은 좋고

HACKETT

DEUXIÈME
DEMARQUE

petit Paris

나쁜 것을 구분하는 데는 뛰어나지만 좋은 것 중에서 더 좋은 것과 덜 좋은 것을 구분하기는 어렵다. "코카콜라와 펩시콜라 중 무엇이 더 맛 있는가를 구분하는 것은 어렵지 않다." 맞는 말일까? 그렇다 구분하는 것은 어렵지 않다. 블라인드 테스트를 해보면 펩시콜라가 더 맛있다는 결과가 나온다. 단, 작은 컵일 경우에만 그렇고, 양이 많은 경우에는 코카콜라가 더 맛있다는 정반대의 결과가 나온다. 이처럼 선호의 감정은 불안정하나 우리는 그나마 둘 중 하나 어떤 게 더 맛있는가는 쉽게 구분할 수 있다. 하지만 두 가지에 하나가 덧붙여져서 세 가지가 되면 이제는 점점 구분이 어려워진다. 세 컵을 주고 셋 중 맛이 다른 하나를 골라보라고 하면 다들 고민에 빠진다. 이분법에는 능하지만, 그 둘에 하나만 덧붙여져도 분간하기 어려워진다.

그렇다면 이런 인간의 불안정한 선호를 어떻게 계량화할 수 있는가? 소믈리에들은 그걸 계량화한 것일까? 사실 아니다. 맛에 대한 상호 간에 약속코드를 만든 것뿐이다. 그리고 맛을 잘 모르는 대중에게 그 맛에 대한 약속코드를 전파하는 것이다. 코카콜라가 그 이름으로 맛의 더 좋음을 사람들에게 알리는 것과 같은 이치다. 맛은 최상의 개인 경험재이다. 오직 나만의 경험이라는 것이 조종당하고 있다는 것을 믿기 싫을 뿐이다. 멋진 식당에서 맛있었던 음식이 왜 포장해 가지고 와서 집에만 오면 맛이 없어질까. 차가워져서? 배가 불러서? 전자레인지에 넣고 데워도, 배가 고파도 그때의 맛이 나지 않는다. 그건 그 레스토랑의 평판과 인테리어, 그리고 사람들과 함께 먹는 분위기가 그 맛을 지배하기 때문이다. 그걸 우리 스스로의 무의식이 인정하기 때문이다. 그래서 맛은 더 세인의 성향이 아니다. 취향도 좋아한다는 것도 나 개인의 것이 아니다. 그것은 내 친구, 내 분위기, 내 과거와 미래, 내 가족, 내 우상, 내 계급 등 나를 둘러싼 나의 습관을 형성시킨 사람과 사물의 반영이다.

 프랑스는 그런 인간 기호의 본질을 잘 간파했다. 문화를 통해 개인의 행동을 파악하고 그것에서 소믈리에, 쇼콜라티에를 탄생시켜야 한다는 당위성을 잘 알고 있었다. 이러한 사실은 장인으로 거듭난 쇼콜라티에에서 잘 드러난다. 잠시 초콜릿과 프랑스의 관계를 엿보자. 초콜릿의 원료인 코코아는 15세기 스페인 펠리페 3세의 딸로 루이 13세와 결혼한 도트리슈 공주에 의해 프랑스에 전해졌다고 한다. 그 이후 왕실에서 계속된 사랑을 받았으며, 특히 마리 앙투아네트는 전속 쇼콜라티에를 두기도 하였다. 이후 쇼콜라티에들은 고유의 맛과 레시피로 프랑스인들을 매료시켰다. 그 중심에는 프랑스에서 가장 유명한 쇼콜라티에 중 한 사람으로 꼽히는 랭스(Linxe)가 있었다. 그는 라메종뒤쇼콜라라는 본인의 샵을 만들었고, 쇼콜라티에를 장인으로 격상시켰다. 어떻게 이것이 가능했을까. 그냥 카카오와 설탕으로 음식 만드는 사람들을 어떻게 쇼콜라티에라는 예술적 장인으로 격상시켰을까? 그 배경에는 맛의 품격화와 계량화가 있었다. 맛은 아무나 느낄 수 없으니 누군가의 도움을 받아야 한다는 것이다. 우리는 모두 혀에서 느끼는 그 무엇이 조작된 것임을 믿기 어렵다.

　계층화와 배제화를 통해 맛은 완성된다. 이를 위해 무엇보다 평가가 우선이다. 전국적인 초콜릿 제작 맛 경연대회를 연다. 여기서 최고의 맛과 예술적 풍미가 있는 사람들을 골라낸다. 등수를 매기는 것이다. 이를 시작으로 그 맛과 제조의 희귀성을 알리고 이를 통해 프랑스 초콜릿의 가치를 알린다. 그런 맛의 객관성은 초콜릿 전문가들에 의해 약속된 코드로 만들어지고 그 코드에서 순위와 평가가 매겨진다. 와인과 레스토랑의 평가로 프랑스가 세계 최고가 되었듯이 초콜릿에서도 그런 평가와 배제화, 희소화를 통해 불과 10여 년 만에 초콜릿으로도 세계적인 경쟁력을 갖춘다. 경쟁력은 사물 그 자체의 기술에서 나온 것이 아니라 그런 기술을 사회화하고 계량화한 '평가술'에서 나온 것이다. 현대 미술의 거장 뒤샹의 현대미술 상징작품 샘의 변기가 세계 최고의 미술품이 된 것도 바로 미술적 기술이 아닌 전문가집단의 '평가술'이다. 꿈보다 해몽이다. 꿈의 시대가 아닌 해몽의 시대가 바로 맛이 권력이 된 본질적 배경이다.

　김치를 세계화시키고 싶다면? 만약 일본이 김치의 대국이 된다면? 만약 중국이 아리랑을 자신의 것이라 우긴다면 어떻게 할 건가. 아리랑도 수십 가지이고 김치도 수백 가지이다. 하나가 아닌데 무엇을 원조라고 우길 건가. 방법은 있다. 원조는 내가 원조라고 주장할 때가 아니라 남이 그 원조를 인정해줄 때이다. 이 세상 위스키는 많다. 그러나 위스키를 마시고 위스키에 매력을 느끼다 보면 위스키의 원조를 알고 싶고, 그러면 스코틀랜드가 생각난다. 스코틀랜드의 위스키 제조 기술은 아직도 그 원조의 장인 모습을 갖추고 있어 원조를 느끼러 가기에 손색이 없다. 스코틀랜드에서만 위스키를 생산해야 한다고 아무도 주장하지 않는다. 세계 곳곳에서 위스키를 생산한다. 그러나 원조는 하나다. 스코틀랜드다. 왜냐하면 스코틀랜드가 원조가 될 만한 인프라를 갖고 있기 때문이다. 위스키 생산이 세계적이 될수록 스코틀랜드의 위스키 관광은 더욱 붐빈다.

우리 문화재를 꼭 우리가 갖고 있어야 하나? 세계 곳곳에 우리 문화재가 있고 그걸 볼 수 있는 사람들이 많을수록 그 문화재의 원조가 어딘지 사람들이 궁금해하지 않을까? 김치로 사람들을 엮고 싶다면 일본도 김치를 생산해야 하고 미국도 김치를 생산해야 한다. 그러나 그 김치 맛의 원조와 김치 맛을 평가하는 곳은 한국이어야 한다. 한국에서 최고의 김치를 맛보고 평가하고, 그 김치의 고유성을 알리는 장소가 여기에 연결된다면 그것이 한국 김치를 세계화하는 길이다. 그런데 오늘도 우리의 김치는 '종가집 김치' 다. 진짜 종가집인 우리나라의 종가집이 아니고 롯데마트 이마트의 종가집 김치다. 그 종가집을 찾아, 원조를 찾아 김치를 맛보러 가려는데 어찌 된 일인지 경기도의 아파트 단지 옆 몇 번지의 종가집 회사 공장이나 이마트의 김치보관창고로 가야 한다. 말이 안 된다. 원조라 말할 게 없다. 평가할 김치도 종가집 김치, 이마트 김치, 롯데마트 김치, 백화점 김치이다. 이제 전 세계의 사람들은 김치의 원조를 찾으러 한국으로 올까? 만약 우리가 이대로 나간다면, 장인의 손길로 가지각색의 김치를 만드는 일본 사람들이 김치의 원조를 부여받고 김치는 기무치였다고 말하게 될 것이다. 만약 일본이 전문가들의 평가까지 거머쥔다면 우리가 기무치를 따라가기 위해 김치를 만들지도 모른다. 이제 음식도 맛도 정신 차리고 먹어야 한다.

아, 쁘띠의 몰락.

프랑스 따박(Tabac)의 몰락은 쁘띠 몰락의 전조인가? 담배를 뜻하는 따박은 술과 담배를 파는 작은 상점들을 일컫는 단어이다. 수십 년간 파리지앵들에게는 따박에서 담배와 음식을 먹고 수다를 떠는 것이 중요한 일상 중 하나였다. 그러나 몇 해 전부터 시행된 실내 흡연금지가 따박과 카페들을 몰락시키고 있다. 물론 담배는 주변 사람들에게 피해를 준다. 하지만 그 담배 때문에 실내에서 수다가 불가능해지고 그러면서 따박은 하나둘씩 몰락한다. 또한 카페에서 에스프레소를 나르던 갸송들도 사라진다. 젊은 처자들이 에스프레소와 담배를 물고 갸송에게 건네는 농담

한마디에서 파리의 아침은 시작된다. 그건 갸숑과 파리지앵뿐만 아니라 짧은 여행객에게도 그렇다. 그런 대화를 바라보는 여행객들에게 잠깐의 담소로 파리지앵을 흉내 내는 작은 모의는 즐거운 사치다. 그런데 이제 갸숑들이 없으면 파리도 파리답지 않은 파리가 되는 것 아닌가.

생선 가게에서 와인을 파는 이유.

마레지구를 걷다가 우연히 연어 파는 가게에 들렀다. 연어만 팔아서 장사가 될까? 궁금증을 참지 못하고 들어가 봤다. 그런데 분명 연어를 파는 가게라고 했는데, 와인도 팔고 빵도 팔고 접시도 팔고 이것저것 다 팔고 있다. 연어 전문점이라고 하고선 이 많은 걸 왜 파는 걸까. 정육점 이면 고기만 팔면 되고, 연어 전문점이면 연어만 여러 가지 부위로 팔면 된다. 그런데 여기에 파는 것은 '연어'가 아닌 '연어와 관련된 모든 것' 이다. 연어를 먹을 때 어울리는 와인, 소스, 접시, 빵 등 연어 요리에 필 요한 모든 것들이 이곳에는 가득하다. 이건 연어 중심의 사고가 아니고 사람 중심의 사고다. 집에서 '오늘 저녁에는 연어요리를 해 먹을까?' 하 면 필요한 것은 여기서 다 살 수 있다. 멀리 코스트코나 이마트에 가야 하는 게 아니다. 보통 마트에 가면 연어요리를 잘하는 사람이 아닌 이상 어떤 것이 어울리는지 고르기가 어렵다. 그렇지만 이 연어가게에선 주 인이 친절히 연어에 어울리는 여러 음식을 추천한다. 아니 그냥 여기서

고르면 된다. 뭘 사야 할지 모르겠고, 머리 아프게 만드는 대형슈퍼보다 훨씬 스트레스가 적다.

이런 가게를 보면 지나가다가도 오늘은 연어를 해먹어야겠다는 생각이 들 정도다. 작은 가게들은 돈을 보는 것이 아니라 사람들을 본다. 그리고 이곳에 오는 사람들은 값싸고 양 많은 냉장고 음식을 위해 방문하는 것이 아니라, 연어로 오늘 내일 정찬을 준비하고픈 사람들이다. 작은 가게의 주인은 당연히 연어음식 전문가고, 연어에 어울리는 찬(餐)들을 잘 추천해준다.

이곳에서 주인과 이야기를 나누고 있는 손님들을 보면서 나는 작은 가게의 미래를 봤다. 동네 작은 가게의 생존방법은 이런 게 아닐까. 이마트도 아니면서 이마트처럼 이것저것 갖춘 동네가게. 이제는 동네슈퍼에까지 대기업 체인이 들어오는 세상이다. 치사한 세상이지만 가만히 있을 수만은 없다. 작은 가게들도 생존해야 한다. 그래서 작은 가게들도 연어가게, 두부가게, 스테이크가게, 갈비가게, 청국장가게, 고등어가게 등으로 바뀌어 가면 어떨까. 그래서 두부가게에 가면 두부의 종류만이 아니라 두부 정찬과 어울리게 함께 먹을 수 있는 전이나 막걸리, 마른반찬이나 고추장이 함께 팔리는 것이다. 우리는 이미 거대한 매장에서 수없이 휘날리는 공짜마케팅 속에서 무얼 고르는 게 좋은지 몰라 충동구매를 하고 마는 대형매장의 마케팅에만 익숙해져 버렸다. 하지만 그것보다는

petit Paris

작은 가게들에서 만들어낸 다양한 맛이 훨씬 인간적이다. 주인의 지식을 존중하고, 소비자 각자의 맛을 존중한다. 그건 모든 이의 취향을 개발하고 존중한다는 의미이다. "이 맛이나 저 맛이나 다 똑같은데 대충 먹지 뭐. 주문 메뉴 통일합시다."란 한국적 입맛의 전통이, 내 인생은 내가 개척한다기보다는 잘 깔린 길만 가겠다는 보수적이고 위계적인 사고와 내통할 수도 있다는 생각은 너무 비약일까? 한국에 작은 가게들이 번창하는 날, 한국인의 창조정신도 분명히 증폭될 것이다. 어느 사람이든, 어느 세상이든 작은 길 보면 큰 길 짐작해 알 수 있다. 길은 길음길이와 밟히는 예법만 보아도 그 사람이 어떤 성향의 사람인지 어림짐이 알 수 있는 것이라 말이다. 젊은 시기에 걸친 옷가지들과 상표들 그리고 표정들까지 볼 수 있게 된다면 어림짐이 아니고 순도 90%까지 상승하지만.

***

셰익스피어앤컴퍼니: 1910년대 초부터 헤밍웨이, 제임스 조이스 같은 영어권 망명 작가의 보금자리였던 셰익스피어앤컴퍼니가 2차 세계대전으로 폐점된 것을 안타까워한 미국인 조지 휘트먼이 1951년 이름을 빌려 부쉐리(boucherie) 거리에 세운 서점이다. 에단호크와 줄리델피의 영화 〈비포선라이즈〉의 2탄인 〈비포선셋〉에서 주인공이 출판기념 낭독회를 열었던 곳으로 더 유명해졌는데 이곳도 최근에 문을 닫았다.

우추프라카치아는 한 번 만지면 얼마 있다가 죽는 식물이지만, 한 번 만진 사람이 계속 만지면 더 생생하게 살아가는 식물이다. 그리고 볼바시옹은 동물이 자신을 보호하기 위해 몸을 둥글게 마는 행동을 뜻하는 불어이다. 고슴도치는 조그마한 공격이나 위험만 느껴도 멈추고 공처럼 동그랗게 몸을 움츠린다. 이러한 행동을 빗대어 사람들과 접촉을 꺼리고 무뚝뚝한 사람, 마음을 터놓지 않는 사람을 비난할 때 프랑스에서는 볼바시옹이라 말한다.

위 두 식물과 동물은 비슷한 속성이 있다. 둘 다 수줍은 여인네처럼 낯을 많이 가린다. 물론 낯을 가려도 우추프라카치아는 일편단심을 위한 낯가림이고 볼바시옹은 자기보존을 위한 낯가림이다. 그래도 둘은 잘 통한다. 우추프라카치아는 가장 소중한 사람이 누구인지 잘 알고 소중한 사람을 위안하는 일에 최고의 기술을 가졌다. 아무리 재산이 많고 주변에 친구가 많아도 내가 가장 괴로울 때 나만을 진정으로 위로해주는 사람이 내겐 최고다. 볼바시옹은 모든 주변의 공격에 방어적이지만 최후에는 유일한 승자가 된다. 늑대들은 고슴도치를 먹으려 입속에 넣지만 이내 뱉고 만다. 뱉고 난 뒤 자신의 충족되지 않은 욕망에 헉헉댄다. 그리고 화가 난 채 돌아간다. 그러나 볼바시옹은 그대로다. 자신의 감정과 강점을 유지한다. 약간 긴장은 하지만 결과는 평온을 유지하는 쪽이다.

인생에서 진정한 승자는 누굴까. 찾기 어렵지 않다. 오랜 시간을 거치면서 승자는 자연스레 그 풍모가 드러나기 마련이다. 세파에 휘둘리지 않고 교활하지 않으며 너그럽고 진정하게 주변 사람들과 소통하는 자들이다. 화는 인간의 순수함을 모두 빼앗아 가지만, 우추프라카치아와 볼바시옹은 그 순수함을 지킨다. 진정하고 변치 않는 관계를 그러면서도 나의 몸 그대로를 지킨다. 온전한 개인의 보호와 상대방에의 진정한 친절이 달성되는 순간이다. 민주주의 유일한 보루인 나라는 존재와 그를 둘러싼 관계가 보호받는 것이다. 볼바시옹과 유추프라카치아는 남을 파괴하는 권력이 없어 겉으로는 루저로 보이나, 모든 것에 앞서 가는 오래된 미래다. 유추프라카치아와 볼바시옹의 결합품이 바로 쁘띠다. 소수 사람들에게 사랑받고, 자기 영역을 지켜가는 작은 거인들. 그들이 바로 쁘띠인 것이다. 쁘띠가 풍성한 곳은 삶도 풍성하다.

petit Paris

Vigne de Montmartre

Musée Montmartre

Place du Tertre

petit Paris

몽마르트르에서 둘째 날, **수다에 대하여**

몽마르트르에는 '스페셜메뉴'가 없다.

몽마르트르 언덕의 레스토랑들은 늘 손님들로 붐빈다. 사크레쾨르 성당 근처 화가 광장에 자리 잡은 수많은 식당은 이미 화가들의 자리까지도 다 차지하려 하고 있다. 최초의 레스토랑이 탄생한 파리에서, 그것도 파리 전경을 한눈에 볼 수 있는 몽마르트르 레스토랑에 앉아 있는 좌중의 열기는 날마다 축제의 밤인 듯하다. 관광객과 정주민이 뒤섞여 즐겁게 수다를 떨며 들뜬 분위기를 즐긴다. 자신도 여행객으로서의 기분을 맛볼 수 있는 좋은 분위기 때문에 사실 주민도 몽마르트르를 오면 들뜬 기분이 들리라. 여행을 가지 않더라도 여행의 기분을 맛볼 수 있음이란 얼마나 정겨운 일인가. 왜냐하면 처음 본 사람들도 격의 없이 서로 여행 객이듯 웃고 말 걸고, 실없는 농담에도 쉽게 웃어주는 사람들이 깔렸으 니 말이다.

화가 광장 근처 붉은색 테라스 커버가 매력적인 레스토랑 라보엠에 들 어갔다. 식당 입구에 걸린 오늘의 메뉴는 양고기였는데, 애피타이저에 디저트도 있고 가격도 10유로 정도로 합리적이었다. 그리고 오늘의 메 뉴를 시키려는데 웬걸, 다 팔렸단다. 음. 아직 시간이 6시 반밖에 되지 않았는데, 대개 레스토랑들의 저녁 타임이 7시에 시작되는 곳도 많은 터 에 벌써 다 팔렸다? 이건 십중팔구 우리에게 바가지 씌울 공산이었다. 관광객이니, 그것도 불어 못하는 아시안 관광객이니 싼 건 팔 수 없다는 심산이었다. 여기가 어딘데, 몽마르트르인데, 이런 데 관광 왔으면 돈도 팍팍 써야지. 어차피 불평하고 의자를 박차고 나가기보다는, 여행 와서 까지 기분 망칠 일 없으니 그냥 스스로에게 관용을 발휘하며 다른 메뉴 를 골랐다. 여행객에 대한 톨레랑스를 떠올리는 프랑스, 그 이미지가 어 그러졌다. 그러나 그런 상한 기분도 잠시, 음식이 나오고 갸송의 즐거운 표정은 우리도 스쳐 지나는 여행객임을 깨닫게 한다. '여행은 심각할 필 요 없어요. 모든 게 그냥 보고 지나가시든요. 세상이 다 지나간다는 것을

깨닫게 한다는 겁니다. 마가지 숑 쓴 거 밖에 어떻게요. 우리 식당을 덕분에 잘되고, 당신은 스셔 시나가는 객이고, 한 번의 인연에 질성을 나하면 됐는 거식. 돈은 긋 분세기 아니겠어요.' 갸숑의 서비스 정신에 바가지 쓴 우리는 감탄한다. 그래서 나오면서 이렇게 정정했다. 아 저건 '바가지 정신'이다. 바가지 사기가 아니다. 바가지 씌운 만큼 나 그렇게 열심히 일하고 있다는 언표였다. 사장님은 얼마나 그 갸숑을 좋아할 것인가. 바가지 쓴 집에서 팁까지 얹어주고 나온 것은 순전히 몽마르트르의 힘이었다.

거리는 컨텍스트다.

몽마르트르 언덕을 쭉 따라 내려오면 아베스역이 있다. 파리 지하철역은 나오자마자 거리와 연결된다. 그리고 바로 카페와 연결된다. 그것도 대형 차도가 아니라 상점과 가게가 있는 거리의 노드들과 연결된다. 지하철역은 지저분했지만, 역을 나오자마자 바라본 주변 환경은 편안하다. 압도적으로 거대한 광장도 아니고, 적절한 크기에 쉽게 걸음을 시작할 수 있는 작은 광장이다. 바로 옆에 노천카페가 있어 사람과 사람을 이어주기 편한 구도이다. 우리 서울의 지하철역처럼 늘 차도의 사거리에 자리 잡고, 그래서 나와서는 주정차와 배기가스에 점유 당한 인도를 피해 실내로 들어가야 하며 실내로 들어가서는 인도의 보행객들과 단절

되는 그런 모습과는 사뭇 다르다. 단순하고 개념 없는 효율 중심의 도시 디자인에는 디자인이란 말을 붙이기도 옹색하다. 이건 인간중심을 외치는 디자인의 개념과는 아무런 관련이 없기 때문이다. 단, 서울의 지하철 3호선 매봉역이 기억에 남는다. 몇 번 출구인지는 모르겠지만, 나오자마자 대로변과도 연결되지만, 거리의 카페와도 바로 연결되었다. 그리고 파리의 지하철역처럼 매봉역도 자기를 내세우지 않고 그 카페와 잘 어울렸다. 비록 대로변에 있긴 했지만, 한국의 지하철역 중 그나마 괜찮은 역이다.

몽마르트르 언덕과 바로 연결된 스타인퀘르크(Steinkerque)거리. 관광지도나 안내책자에는 직물거리로 알려졌지만, 지금은 약간 저렴한 옷과 기념품을 주로 파는 곳이다. 몇몇 직물회사의 간판과 건물이 보였지만, 휑하니 비어 있었고, 화재 때문이었는지 그을린 흔적의 건물들도 보였다. 도색도 새로 하지 않고 그을린 상태 그대로 놔둔 것으로 봐서는 회사상태가 좋아 보이지 않았다. 쇠락해가는 거리의 모습이다. 몽마르트르의 낭만과는 거리가 한참 먼, 좀 과하게 표현하면 관광객의 돈주머니만 바라보는 가게가 널려 있는 느낌이었다. 값싼 중국산 제품들로 프랑스와 몽마르트르를 대충 포장한, 10개 1유로짜리 에펠탑 열쇠고리처럼 돈이 없어 아쉬울 때만 찾는 물건 같은 느낌이다. 이 거리에서 잠깐 들어가 본 식당의 샹들리에 조명은 어떻게 설명해야 할까. 스타인퀘르크거리의

petit Paris

불에 그슬린 건물 맞은편 카페의 빈 병 샹들리에는 작품이라기보다는 쇠락하는 거리의 상징 같았다. 그나마 몽마르트르에 있다는 것 하나로 위안을 삼을 수 있는 정경이긴 하다. 애써 몽마르트르의 식당이라고 하면 달리 보일 수도 있겠지만 이제는 몽마르트르의 쇠락을 상징하는 모습으로 더 어울리는 건 나만의 느낌일까. 하지만 만약 그게 리옹의 벨쿠르 광장이나 파리의 마레지구에 있었다면 예술까지는 아니어도 아마추어의 애쓴 작품으로 보였을지도 모르겠다. 활기차고 역동적인 지역에 있었다면 달리 보였을지도. 도시의 분위기는 그래서 중요하다. 도시의 분위기를 압도하는 것은 거리의 분위기다. 거리는 텍스트라기보다는 컨텍스트이며, 보행자와 운전자의 시선을 연속적으로 포괄하는 파노라마이기 때문이다.

텍스트는 컨텍스트에 구속된다. 뒤샹의 작품 샘(fountain)도 화장실에 있을 때는 변기지만, 최고작가들의 작품전시장에서는 예술작품이 된다. 샘이 현대미술의 상징적 작품이 된 이유도 텍스트와 컨텍스트의 상호관계를 적나라하게 노출했기 때문이다. 도시도 그렇다. 거리는 하나하나의 가게와 보행자들을 규정하는 컨텍스트이다. 어떤 거리에 있느냐에 따라 개별 아케이드, 개별 가게의 성격은 달라진다. 그래서 개별 가게도 거리를 중심에 두고 생각해야 한다. 거리에 일관성과 유사성이 있는, 그래서 훌륭한 컨텍스트를 형성한 곳이 좋은 거리이며 그런 거리에 있는 가게 또한 성업한다. 거리를 걷는 사람들이 거리를 즐기려 천천히 걷고 주변에 주의를 돌리며 그래서 가게에 자연스럽게 들르는 소통의 공간이 창출되기 때문이다. '하나의 주 대상인 사물은 주변에서 작렬을 형성하고 있는 다른 사물들과 함위더해 의미를 수고받음으로써 그 나름의 본질적인 의미를 가질 수 있다.' 후기의 말이다. 대상이든 대상을 인식하는 자아든 간에 그것들은 한없이 연장되면서 거의 무한에까지 연결되는 지평 속에서만 의미가 있는 것이다. 거리의 한 가게도 거리와 도시라는 무한정한 네트워크적인 인식과 존재 의미의 그물망 속에 존재한다.

\*\*\*

아베스 지하철역: 몽마르트르 주변의 6개의 메트로 중 몽마르트르의 중심에 있는 것은 아베스 역이다. 이 역의 입구는 유명한 프랑스 아르누보 건축가 엑토르 기마르에 의해 디자인된 작품으로, 역자체가 하나의 예술작품이다. 아베스역 광장의 명물은 한편에 자리 잡고 있는 쥬뗌므벽이다. 벽에는 세계 각국의 언어로 '사랑해'라고 적혀 있다. 가끔씩 한국인들의 '사랑해' 낙서도 보일 듯싶고, 한국인들만 알아볼 수 있는 야한 낙서들도 있을 법 한데 가까이 가보니 낙서가 불가능한 벽이다. 청소년들과 함께 가서 봐도 문제없을 듯하다.

몽마르트르 박물관: 코르토(Cortot)거리 12번지에는 이 지역에서 가장 오래건 건물로 꼽히는 몽마르트르 박물관이 있다. 이 건물은 17세기 중엽에 지어져 르누아르 등 많은 화가들이 여기서 작업을 했었던 것으로 전해진다. 1960년부터는 몽마르트르의 옛 모습을 보여주는 기념관으로 사용되고 있으며, 위트릴로, 르누아르 등의 복사본이 전시되어 있다. 내가 묵었던 곳은 바로 이 몽마르트르 박물관 맞은편 집 3층이었다.

생 데니스(Saint Denis)는 참수당한 자신의 머리를 들고 언덕을 올랐다. 몽마르트르는 순교자의 언덕이란 뜻이다. 몽마르트르에서 인간에 대한 인간의 최악의 악행에 대해 생각했다. 고문의 기술들이 그것이다. 그래서 그 많은 고문과 처형은 바로 연결되지 않는다. 죄는 고통의 심도에 비례하고 기간에는 반비례한다. 단두대는 지금이야 가장 무서운 처형법이지만 고문사에서는 가장 가벼운 벌이었다. 형벌을 받는 이에겐 최상의 형벌이었다. 고통 없이 죽는 것이어서 죄 지은 자 중에서도 귀족에게만 허락되었다. 고문기술은 죽지 않을 정도 안에서 최고의 고통을 주는 기술이다. 최고의 고통을 죄인에게 주는 전문가는 삶과 죽음의 경계를 계량화한 '스마트몬스터'였다. 그 고통이 오래되면 오래될수록 고문기술은 고도화한 것이다.

이제 공식적인 고문은 없다. 그것만 해도 우리는 역사의 진보를 충분히 믿을 수 있다. 더 나은 역사적 진보를 위해 생각을 좀 다른 방향으로 더 진척시켜 보는 것도 재밌겠다. 공식적이고 육체적 고문은 없어졌지만, 카페에 앉은 객들의 잡담 속을 누비며 그들은 또 누굴 고문하고 있는 것은 아닐까. 그 많은 언어적 린치들이 난무하니까 말이다. 몽마르트르의 수많은 테이블 위 수다는 그곳에 없는 또 다른 사람에 대한 고문을 행하고

그것을 담담히 때로는 유쾌하게 즐기는 인간의 모습에서 나는 역사가 더 진화되어야 할 당위성을 본다. 실제 육체적인 고문보다 테이블에서 나누는 서너 명의 잡담은 당사자에 직접적인 피해 없이 즐거운 시간으로 남다 사라진다. 그런데 카페의 테이블에서 나누던 이야기가 인터넷에 퍼지면 왜 세상은 갑자기 사라지는 잡담을 십자가의 고문과 처형처럼 복원시킬까. 잡담이 인터넷에 퍼지고 그것이 그 자리에 없던 누군가를 얘기하면 이것은 늘 누군가의 천형으로, 누군가의 좌절로 때로는 누군가의 희생으로 끝나고 만다. 인터넷은 따뜻한 인간애의 보고이기도 하지만 또다시 자기 머리를 들고 가는 생 데니스의 순교 같은 박해의 공간이기도 하다. 인터넷은 구멍 많은 그물망일 뿐이다. 절대 촘촘하지 않은 엉성한 그물망이다.

카페의 여왕이 커피라면, 카페의 왕은 수다다. 즐겁게 나누는 대화라 해봤자 대부분이 수다. 수다는 자연스러운 사적인 대화다. 형식의 틀을 깬 대화다. 자연스러운 대화에는 늘 제삼자가 낀다. 그 제삼자란 바로 그 자리에 존재하지 않는 사람이다. 수다는 인간의 우애를 끊임없이 확인한다. 수다를 떠는 사람들끼리만 말이다. 그리고 그 우애는 그 자리에 없는 타인에 대한 배타를 통해 확고해짐으로 그 자리에 없는 사람을 말해야 한다. 우리나라 사람들끼리 모이면 '불(상품명품)', '평(평수)', 등(등수)' 이야기가 태반이다. 끊임없는 '배타의 수다'이다. 남는 것은 명품과 평수와 등수로 매겨진 사람들의 순위다. 그 순위의 끝쪽 사람은 가진 것도 많지 않고 힘도 없어 이제 고문을 당할 운명이다. 그러나 나는 그런 우리 사회의 운명이 바뀔 수 있음을 믿는다. 뜻있는 사람들이 만들어가는 역사의 진보를 믿기 때문이다.

남자는 자랑하고, 여자는 선택한다.

남녀의 대화 주제는 서로 다르다. 민철이는 민철이 자신에 대해 얘기하는 것을 더 좋아하지만, 혜영이는 가영이에 대해서 얘기하기를 더 좋아한다. 여자들은 관계망을 만들어 가는데 유능하다. 네가 우리 그룹에 속해있다는 것은 네가 말할 만한 상대라는 것을 뜻한다. 반면 남자들은 자기 자신이나 자기가 아는 분야에 대해 얘기하기를 더 좋아한다. 대화한다는 것이 곧 자기 그룹에 속한다는 것과는 다르기 때문에 남성의 대화는 '공작 꼬리의 청각적 형태'로 나타난다. 만약 여성이 주위에 있으면 자신이 능력 있다는 것을 과시하는데 집착한다. 마치 수컷공작이 암컷공작이 다가올 때 꼬리를 쫙 펴서 화려함을 과시하듯이. 그 후 암컷공작은 여기저기 돌아다니며 수컷공작을 고른다. 이런 수컷공작의 과시욕 때문에 남자들은 자기자랑을 하느라 날 새는 줄 모른다. 만약 여자가 동석한 상황이라면 더욱 그렇다. 남자들 말의 주제나 스타일은 여자가 한 명이라도 있으면 확 달라져 과시적 표현과 웃음을 유발하려는 언어들이 난무한다.

동물 중에도 수다의 상징이 있다. 수컷당나귀다. 슈렉의 동키도 수컷이고 수다스럽다. 성경에도 나귀가 등장한다. 발람의 나귀이다. 발람은 재물에 미혹되어 계시를 무시하고 가나, 나귀가 그 계시를 듣고 안된다며 우기고 되돌아가려 할 때 발람은 나귀를 팬다. 나귀는 두들겨 맞지만 욕심에 눈이 먼 발람보다는 밝은 눈과 밝은 수다를 가졌다. 나귀는 그래서 신을 따르는 순종의 상징이고 그 순종은 수다와도 통한다. 수다스러운 사람은 때로 두들겨 맞지만 미혹을 벗겨 내는 수다도 있게 마련이다.

친절은 공적인 수다 이다.

미혹을 벗겨 내는 바른말의 수다도 감동적이나, 예찬하는 수다는 더 감동적이다. 이 세상 최고의 종교는 친절이다. 종교의 목적은 행복이고, 친절하면 행복해지기 때문이다. 그리고 친절은 공적인 정치공간에서 얻어지는 행복의 가장 가치 있는 형태이다. 친절함은 내 주변의 타인이 나에 대해 존중해주는 태도다. 미국 독립혁명기에 정치지도자이고 사상적 지도자였고 제2대 대통령이었던 존 애덤스는 시의 대중집회, 그리고 혁명운동의 여러 모임에서 참여자들이 느끼게 되는 토의, 숙고, 결정 등 공적 공간에서의 행위가 주는 만족감, 행복감을 누구보다도 분명하게

의식하였다. 이들의 행복은 우리가 생각하듯이 반드시 모두가 모여 하나가 된다는 연대감의 확인이나 공동체를 위하여 도덕적 의무를 완수한다는 데에서 오는 만족감이 아니다. 그것은 본질적으로 사회적 상호작용이 주는 그것 나름의 고유한 가치를 가진 행복이다. 그리고 이것을 원하는 것은 어떤 사람에게만 한정되는 것이 아닌, 모든 사람에게 있는 인간적 본능이다. 존 애덤스의 말이 친절함의 가치를 잘 대변한다. "남자나 여자나 아이들이나, 노인이나 젊은이나, 부자이거나 가난하거나, 높거나 낮거나, 똑똑하거나 어리석거나, 무식하거나 박학하거나, 누구라 할 것 없이, 사람들은 주변 사람들, 자신의 알고 있는 범위 안의 사람들이 자기를 보고, 말을 들어주고, 말을 걸어주고, 인정하고, 존경할 것을 바라는 강한 욕망으로 움직이는 것을 본다." 돈 없고 빽 없어도 가질 수 있는 '친절한 수다'는 우리 인생 최고의 걸작품이다.

개척자는 일탈자도 스타도 아닌, 그 사이의 경계인들이다.

한참을 걸어 마레지구의 끝자락에 있는 피카소 미술관을 왔건만 아예 문이 닫혔다. 몇몇 작품들이 도난 당해 문을 걸어 잠갔고 이참에 내부공사도 하는 것 같다. 미술관 뒤쪽으로 공사판 벽이 길게 쳐져 있다. 몽마르트르 언덕에는 피카소가 수년을 살며 작업하고 사교했던 가브리엘가 49번지가 둥그러니 보통 집들 사이에 놓여 있다. 가끔 아는 사람들만

petit Paris

잠시 배경으로 사진 찍고 가는 정도다. 일상과 예술 그리고 유산이 공존하는 몽마르트르. 피카소가 수년을 살며 작업했다는 내용의 설명은 아무 곳에도 없다. 안내책자에만 나와 있을 뿐이다. 구글의 지도 찾기에서 번지수와 내 현재 위치가 일치해 있는데도 믿기 쉽지 않다. 이 집 맞나? 49번지 맞네. 사진이나 한 방 찍지 뭐. 스마트폰과 구글이 없었으면 아마 확신도 없었을 것이고, 확신의 정도가 낮아 사진도 찍지 않았을지 모른다.

피카소뿐이겠나. 그 많은 최고 예술가들의 흔적을 찾자면 이 프랑스에 파리에 몽마르트르에 얼마나 많겠는가. 피카소가 잠시 머물다 간 곳은 특별하지 않을 수도 있다. 그런 자원이 부럽기도 하지만 도대체 그 많은 예술가를 불러 모으는 매력은 몽마르트르의 어느 구석에 있는 것일까. 테르트르 광장에서 초상화를 그리는 그 많은 아마추어 화가들을 보면서 문득 드는 의문이다. 피카소부터 르누아르, 고흐, 드가 등 많은 인상파 화가들이 몽마르트르에 터를 잡았고, 후기인상파와 반예술, 아방가르드의 첨단에도 몽마르트르가 있었다. 예술에서도 늘 개척과 첨단의 정신으로 충만한 곳이었다. 이 언덕에 어떤 기가 흐르는 것일까? 데닌 성자의 머리를 든 순교에서부터 파리코뮌까지 몽마르트르는 중심이 아닌 주변부의 사람들, 소외된 사람들의 장소였다. 파리의 정치 중심에서 벗어나 오르기 힘든 언덕에서 그들은 함께 모여 코뮌의 생활을 했고 함께 작업하며 전시회를 계획했다. 서로 간의 사교할 수 있는 단체를 만들어, '물랭 드 라 갈레트 레스토랑'에서 그리고 바로 아래 라바트 작업실에서 함께 미술의 새로운 장르를 개척했고, 그래야 생계를 유지하고 작업할 수 있는 여지가, 그리고 때로는 권력이 생긴다는 것을 깨달았다.

종킨드나 피카소 같은 인상파, 큐비즘의 선구자들이 모이던 물랭 드 라 갈레트는 최고의 빵을 만드는 레스토랑이었고, 그런 맛을 이런 멋진 풍광의 언덕에서 즐길 수 있다는 것은 어떤 의미였을까? 맛있는 곳이라면 지금이야 자동차도 있고 메트로도 있고 어디든 찾아가지만, 19세기 말은 걸어서 이동하던 시대였다. 사람들 발길이 잘 닿지 않으면서도 자기들끼리 모여 살 수 있는 곳. 그런 곳은 풍광과 동시에 맛있는 빵도 잘 만들어내야 한다. 생활의 주식을 잘 만들어내는 음식점이 있는 곳이라면 함께 모이기도 좋고, 거기에 멋진 풍광까지 있다면 금상첨화다. 여기서 예술가들은 작업했고 차츰 작업의 뿌리를 내리면서 사람이 사람을 불러 모았다. 지금도 이곳은 사람들의 발길이 끊이지 않는 레스토랑이다. 물론 최초의 카바레, 물랭루주도 쇼를 하는 주점으로 계속 운영되지만 빨간 풍차가 덩그러니 도로변에 너부러져 있는 모습이 자극적인 느낌만 준다. 불쑥, 어울리지 않는 거리의 배반이다. 반면 물랭 드 라 갈레트는 고즈넉한 풍차에다 골목귀퉁이에 자리 잡아 부담 없고 자연스럽다. 밤의 물랭 드 라 갈레트는 더욱 아름답다. 현란한 조명으로 뒤엉킨 밤의 물랭루주와 물랭 드 라 갈레트의 차분한 조명은 차분한 달빛과 쏟아지는 별빛의 밤하늘 쇼처럼 함께 뒤엉켜도 아름답다.

\*\*\*

물랭 드 라 갈레트(Moulin de la galette): 1870년 제분업자 피에르 오귀스트 드브레가 풍차를 상징으로 연 댄스홀. 고흐, 피카소, 위트릴로, 르누아르 등 수많은 화가들이 이곳의 풍차를 작품의 소재로 삼았다. 지금은 레스토랑으로 운영되고 있어 점심, 저녁 식사를 즐길 수 있다. 근데 이상한 것은 그 붐비는 계절에도 사람들이 사진만 찍지 레스토랑에서 식사하는 이는 별로 없었다. 역사적 명소이긴 해도 아마 맛은 그에 미치지 못한 듯싶다.

파카소와 몽마르트르(Picasso, 49 rue Gabrielle): 피카소가 1900년 8월 처음으로 몽마르트르를 찾아 정착한 곳이 가브리엘 거리 49번지이다. 지금은 일반 가정집이기 때문에 내부를 보는 것은 불가능하고 주소를 통해 겉모습만 확인할 수 있다. 한국여행안내 책자에는 거의 나오지 않았는데, 이곳 프랑스인들이 몽마르트르 관광을 할 때는 꼭 들르는 곳이라 한다. 가보면 볼품이 하나도 없어서 그런가 보다.

petit Paris

petit Paris

petit Paris 79

# 오페라와 샹젤리제에서의 셋째 날, **명성과 명품에 대하여**

명품의 종결자, 오페라 거리.

　파리 오페라극장의 명품거리는 파리 명품거리의 종결점이라 해도 과언이 아니다. 이 거리의 노드는 라파예트 백화점이다. 라파예트 백화점은 '꿈꾸는 집합체'이다. 소원은 모두 이곳에 있다. 꿈은 소원성취의 장치이다. 모든 욕망은 이제 상품으로 전환되었고 이곳에서 상품은 신이된다. 백화점 내부는 마치 성당과 같은 모습을 하고 있다. 돔은 성당과교회처럼 성스런 유리색조로 이루어졌다. 7층 정도 높이의 돔과 백화점

1층 매장은 뚫려 서로 통해 있다. 위만 쳐다봐서는 이곳이 백화점인지 성당인지 구분할 수 없을 지경이다. 돔의 꼭짓점 정중앙과 일치한 백화점 1층 매장은 바로 샤넬이었다. 그 무엇도 범접할 수 없는 정중앙 신의 자리는 샤넬의 터였다. 샤넬을 중심으로 모든 상품이 방사형으로 뻗어 눕는다. 라파예트에서 샤넬은 모두가 숭배하는 유일신이다. 꿈과 환상들이 모인 장소. 그곳에서는 샤넬 매장에 기웃기웃 구경하기에 약간은 거북하다. 정식으로 경배해야 하기 때문이다. 애매한 한국브랜드 옷에 카메라를 걸친 여행객이 샤넬 매장에 기웃거리며 범접하는 것은 불경죄를 짓고 천국을 탐하는 이교도의 모습이다. 명품의 파사주, 이곳 라파예트의 파리는 인간의 욕망을 비추는 거울의 도시 같다.

사악한 마녀는 프라다를 입고, 위대한 악당은 정장을 입는다.

여행 오기 한 달 전쯤에 한 대형문고의 책 쇼핑을 나갔다가 우연히 평대에 놓인 책이 눈에 들었다. '남자는 섹스 말고 무엇을 생각하는가?'라는 제목의 책을 펼쳐보니 '아무 생각이 없는' 책이다. 속 내용은 백지였다. 그리고 가격은 구천 원. 이런 책을 사는 사람의 뇌는? 물론 아무런 생각도 없을 터이다. 남자를 폄하하니, 여자도 폄하하는 책이 시리즈로 나올지도 모르겠다. '여자는 쇼핑 이외의 무슨 생각을 하는가?' 같은 책 말이다. 같은 백지 책이어도 가격은 더 비쌀 듯하다. 물론 나오지 않았으면 좋겠다. 상품의 질과 가격이 구분되는 것은 이미 자본주의의 본성이다. 자동차의 내구연한으로 자동차는 매년 감가상각이 된다. 매년 가격이 내려간다. 그러다 자동차가 아주 오래되면, 예컨대 백 년이 되면 값어치가 확 올라간다. 빈티지는 시간이 갈수록 가격이 오른다. 수확체증의 법칙이 작동하는 것이다. 보관을 오래 하면 오래 할수록 값어치가 오른다. 그런데 이런 수확체증의 법칙 문제는 새로운 상품을 생산할 수 없다는 것이다. 디자인은 사물을 반영하지 않고 인간의 감각을 반영하지만 빈티지는 이제 인간의 감각을 반영하는 것에서 인간의 허세를 반영하는 것으로 옮겨간다. 같은 상품인데 시간이 갈수록 오르니 경제학적으로는 인플레이션이다. 개인에게는 당연히 재테크로 최고의 상품이다.

그런데 왜 허세는 세월과 비례할까. 왜 수확체증일까. 삶은 유한하다. 백 년 뒤에 이 세상에 있는 사람은 거의 없다. 백 년은 인생의 한 수레바퀴다. 그래서 빈티지의 상징도 백 년이다. 백 년 된 자동차는 이제 기능을 말하지 않는다. 빈티지를 말할 수 있다. 문화재도 백 년은 되어야 한다. 살아 있는 사람들이 아무도 그 문화재에 대해 진실을 말할 수 없기 때문이다. 그 문화재를 직접 본 사람은 아무도 없다. 사람은 자기가 죽는다는 것을 알지만, 진정으로 빈손으로 갈 거라곤 생각하지 않는다. 아무리 성형이 판쳐도 세월이 가면 내 피부는, 내 총명함은, 내 근육은 사라진다. 그래서 최고의 가치는 세월이 갈수록 더욱 빛나는 '그 무엇'이다.

명품은 왜 노인들에게 어울리고 초등학생들에게 어색한가. 강남 언저리에서 가끔 명품을 가지고 다니는 아이들을 보지만, 그건 시건방 떠는 방자의 방귀처럼 썰렁하고 오뉴월의 서릿발처럼 뜬금없다. 어린이, 그들은 그 자체로 싱싱하고 미래 그 자체로 빛나기 때문이다. 중년의 빈티지는 그래서 삶을 항상(恒常) 시키려는 상집(常執)의 결과다. 동안(童顔) 신드롬도 빈티지 명품에 집착하는 일과 동전의 양면이다. 내가 젊게 살고 그래서 늙지 않는다고 생각하면 명품에 집착할 마음도 일지 않을 터, 텅 빈 머리와 텅 빈 지혜 속에 묻힌 삶은 늘 요란하고 분주하다. 사라짐과 채워짐의 순환에 익숙하지 않기 때문이다.

성당 같은 라파예트 백화점을 빠져나오려고 하던 참에 여행패션으로 잘 차려입은 한 중년 여성이 다가왔다. 한국 사람으로 보인다. '명품 위치를 물어보려나? 나도 잘 모르는데'

"한국인잉교?"

"네..."

나는 확실히 한국 사람으로 보이나 보다. 가끔 길거리에서 물어보는 사람이 대부분 한국인이다. 중국인이 조금, 일본인은 거의 없다.

"혹시 여기 화장실이 어딘교. 도저히 찾아도 찾을 수가 없네예."

아마 단체관광 와서 쇼핑하려고 들른 듯하다. 여기 화장실은 정말 찾기 어렵다. 설명할 바에야 함께 가는 편이 나을 듯했다.

"따라오세요. 저도 가려구요."

2층에 여자화장실이 있었고, 바깥까지 줄이 길게 서 있었다. 남자화장실은 3층이다. 근데 이 여성분이 줄 서려다가 급하다고 나를 따라 남자 화장실로 올라온다. 그런데 남자화장실에서 나오는 아저씨가 한마디 더 건넨다.

"올라와서 여기서 하이소 마."

그 아줌마가 남자화장실로 가는 걸 본 2층의 아줌마들이 우르르 따라 3층으로 향한다.

파리의 명품백화점 파사주에서 현대 소비의 꼭짓점을 바라보고 있던 내게 투박한 경상도 사투리는 신선하고 청명한 시골냄새 같았다. 그들도 젊고 수줍던 청춘이 있었겠지. 세월은 아무도 거스를 수가 없구나. 부끄러움과는 상극인 우리나라 아줌마들 덕에 건조해진 마음이 풀리고, 파리 오페라극장의 명품 라파예트 백화점 화장실은 그 덕에 해우소가 된다.

\*\*\*

Galeries Lafayette: 파리에서 가장 큰 백화점으로 유명하며, 남성관, 여성관, 인테리어관이 각각 따로 위치하고 있다. 본관의 아르누보 양식 장식들과 화려한 유리돔 때문에 쇼핑에 흥미가 없는 관광객들도 많이 찾는다. 특히 화장실도 이용할 겸 많은 관광객들이 들이닥치니 바가지 쓸 가능성도 많다. 쇼핑에 관심이 있다면 그 옆 쁘렝땅이 훨씬 한기하고 값싼 듯하다.

프랑스의 팡테옹은 남다르다. 팡테옹은 국립묘지인데, 우리가 흔히 생각하는 전쟁영웅들, 국가를 위해 목숨을 바친 그런 위인들의 묘지가 아니다. 프랑스의 명성을 어떤 분야에서건 빛낸 사람들이다. 볼테르, 루소, 에밀졸라, 빅톨위고 등의 무덤이 있다. 왜 국가에서 명성을 관리해주는가? 시대가 바뀌면 사람에 대한 평가도 바뀌기 마련이다. 생텍쥐페리는 사후에 명성을 얻었다. 왕들은 살아서도 죽어서도 명성을 얻지만 일반인들은 살아서는 작은 명성을 주변으로부터 얻고, 죽어서야 큰 명성을 얻을 자격을 갖는 것인지도 모른다. 왕이나 최고위직들은 명성을 얻기가 상대적으로 쉽다. 명성을 얻는 가장 쉽고도 확실한 방법은 눈에 확 띄는 건물을 짓는 것이다. 이른바 파사드전략이다. 거리를 걷는 사람들이 쉽게 눈치를 챌 수 있기 때문이다. 동상을 만드는 것도 한 방법이다. 흔히 옛 왕들은 동상을 통해 자신의 존재를 알렸고, 시민은 '사물에도 편재하는 왕'에게 복종했다.

스타를 사랑했던 앤디 워홀. 그러나 그는 스타를 숭배하기 위해 사랑했던 것이 아니었다. 그의 작품 속 스타는 신비와 숨김에서 탈출하고, 일상 속에서 철저히 반복된다. 워홀은 1963년에 만든 자신의 첫 번째 영상작업인 5시간짜리 잠에서 뉴욕의 무더운 여름 동안 침대에 잠들어

petit Paris

petit Paris 91

있는 자신의 연인인 시인 존 지오르노를 열정적으로 바라보면서, 새벽 5시 해가 떠오를 때까지 밤새 혼자서 촬영을 하곤 했다. 그 영화 촬영은 한 달 동안 계속되었다. 그가 수천 통의 필름을 다 썼을 때에야 촬영이 멈춰졌다. 그는 바라본다는 것에 대해 자신이 가지고 있었던 욕망을 이렇게 이야기했다. 화면에서 몇 시간 동안이나 같은 일을 하고 있는 단 한 사람의 배우를 이용해서 가장 초기의 영상작업을 만들었다. 사람들이 대개 단지 인기 스타만을 보기 위해, 그를 소비해버리기 위해 극장에 가기 때문에 이렇게 했다. 그래서 마침내는 당신이 원하는 만큼 오랫동안 그가 무엇을 하든 상관없이 인기 스타만을 볼 수 있고, 당신이 원하는 대로 모두 그를 소비해 버릴 수 있게 되었다. 당신이 원하는 만큼 그를 소비함으로써 이제 그 스타는 사라지고 텅 빈 의미만 남는 것이다. 예전의 우리는 얼마나 '소머즈'에, '원더우먼'에 환상을 가졌던가. 그녀들은 화장실에서 볼일도 보지 않으며, 이슬만 먹고 사는 줄 알지 않았던가. 그러나 그녀들의 반복된 일상을 보았다면, 그래서 그녀들을 완벽하게 소비할 수 있었다면, 환상의 각성으로부터 빠져나와 텅 빈 기분으로 삶을 관조하는 능력을 키웠을지도 모른다. 도시민인 우리는 이 복잡하고 붐비는 도시에서, 반복되는 거리의 보행과 삶의 반복성을 통해 명성과 굴욕, 명품과 싸구려, 상류사회와 하류사회, 현실과 인공 사이의 차이를 와해시키는 능력을 터득한다.

***

팡테옹 - 조국이 위대한 사람들에게 사의를 표하다.

팡테옹은 원래 교회였으나 현재는 예배 장소와 위인들 묘지의 역할이 복합된 국립묘지로 이용되고 있다. 빅토르 위고, 루소 등 유명인들의 무덤을 직접 확인해 볼 수 있다. 외관이 묘지같지 않아 가끔 한국 관광객들이 생각 없이 큰 소리로 떠드는데 어찌 되었든 이곳은 묘지다. 경건한 모습을 보이는 게 프랑스에도 한국에도 모두 좋다.

## 전시장으로서의 거리.

파리의 거리는 아케이드다. 모든 샵들이 자신의 얼굴을 내민다. 지자체도 통일된 깃발로 거리의 샵에 문장을 달아준다. 마레지구에는 장인들이 만든 수제 완성품만이 아니라, 장인들이 작업하는 공간도 예쁜 가게들 사이에 자리 잡는다. 작업테이블은 저 안쪽이 아닌, 바로 거리의 보행자가 볼 수 있는 창가 쪽이다. 그 장인의 손놀림을 제대로 볼 수도 있건만, 엿보고 싶은 충동조차 억누르고 행여나 일에 방해가 될까 시선만 잠시 고정한 채 발걸음을 늦춘다.

사실 거리에서는 손을 쓰는 장인의 전시를 이제는 보기 어렵다. 유명 쇼콜라티에의 샵들도 물건들만 팔 뿐, 브랜드 텍스트만 남고 장인들의 손은 사라졌다. 과거에는 행인들이 가게로 들어와선 제작과정을 구경하고 물어보곤 했을 것이다. 그리고 그게 쌓이다 보면 장인들은 기술을 연마한

숙련기술자가 아닌 감정노동자로 변해버렸을 것이다. 작업하는 과정에도 늘 웃어야 하고 즐거워야 하는 표정관리의 노동은 몸만 굳게 만드는 것이 아니라 얼굴 근육까지도 굳게 만들었을 것이다. 표정이 굳으면 인생도 굳는다. 손기술로 단련된 장인들에게 표정기술까지 익히라고 하는 것은 무리다. 간단한 초콜릿 기술 하나 정도만 가진 배우를 가게 안에 두고 시연을 보이는 편이 훨씬 효과적일지도 모를 일이다. 하지만 그 순간 진정성은 상실되고 사람들은 떠나기 시작한다. 이제는 샹젤리제 거리로 가서 거대한 플래그십스토어에서 자사 제품을 떠들어대며 시연하는 사람들을 보는 걸로 만족해야 한다. 작은 가게들의 수제품 장인들은 다양성의 보증들이다. 이들은 보호, 육성되어야 하며, 그러기 위해서는 그들의 재방적인 대로로 지낼 수 있도록 편안히 맞아야 한다. 있는 듯 없는 듯, 상대방의 존재를 인정해주면서 나를 관망하는 편안한 거리 두기. 그게 장인과 거리가 공존하는 원칙이다. 장인의 짐은 서비스가 아니라 서아실형이기 때문이다.


꿈은 욕망의 충족이다. 그럼 도시도 꿈꾸는가.


꿈이란 생각을 체험으로 바꾸는 것이다. 꿈에서 〈나는 나의 형이 상자 안에 있는 것을 보았습니다.〉라는 것은 〈나의 형이 절약을 하고 있다.〉라고 해석되어서는 안 되고 〈나는 나의 형이 절약하기를 바란다. 나의 형은 절약해야 한다.〉가 되어야 한다. 상자는 절약을 상징하고 절약은 현재 진행형이 아닌 희망 사항이다. 도시와 거리의 아케이드를 다닌다는 것은 〈나는 소비하고 있다.〉가 아니고, 〈나는 소비하기를 바란다. 나는 소비해야 한다.〉이다. 그래서 실제 명품을 소비하는 것에만 오직 목적이 있는 사람은 도시와 거리를 산책할 필요를 느끼지 않는다. 생각을 체험으로 바꿀 필요 없이, 꿈꿀 필요 없이 그대로 행해버리기 때문이다.

프로이트는 말한다. "저녁 식사 때 맵고 짠 음식을 먹고 밤에 갈증을 느끼는 사람은 물을 마시는 꿈을 꾸게 됩니다. 그러나 배고픔이나 갈증이 너무 심할 경우에는 꿈으로 이러한 욕구를 잠재우기가 불가능합니다. 그럴 때는 갈증을 느끼면서 꿈에서 깨어나서 실제로 물을 마셔야만 합니다. 이럴 때의 꿈의 능력이란 실제로 아주 미미한 것입니다. 그러나 깨어나서 실제적인 행동으로 옮겨 갈 것을 요구하고 있는 자극에 대항해서 잠을 지켜주기 위해서 꿈이 존재한다는 것은 분명한 사실입니다. 이러한 욕구의 강도가 그토록 심한 것이 아닐 때는 욕구 충족적인 꿈만으로도 해소될 수 있습니다."

파리의 거리는 욕망의 거리이자 상품의 거리이다. 하지만 거리는 위로를 주는 중요한 장치이기도 하다. 거리는 걷고 멈추고 지나가는 곳이다. 거리의 작은 가게들은 소박한 진실의 공간이다. 보행자에게 상품은

일회적인 것이고, 행인의 구성만으로도 충분히 싱끔은 그 존재의 가치
를 만족시킨다. 그래서 거리는 백화점 아케이드보다 소중하다. 거리는
꿈꿀 수 있는 자유의 공간이지만 아케이드는 소비를 강요하는 부의 공
간이기 때문이다. 오페라의 명품샵 거리 그리고 백화점의 아케이드는 강
력한 소비를 요구한다. 이곳은 우리에게 꿈꾸기보다 행동하라고 한다.
이곳에서는 욕구의 강도가 최대로 끌어올려 진다. 소비하는 순간 최고의
특권을 가진 인간으로 부활한다. 그러나 그런 인간은 아쉽게도 꿈꿀 자
유를 박탈당한다. 그건 돌아오지 못하는 여행을 떠난 자의 불안이다. 당
장은 여행을 떠나 기쁘지만, 이내 돌아오지 못하는 두려움에 늘 부유하
는, 자신이 꾼 꿈을 이야기할 사람이 주위에 아무도 없는, 스스로도 사
물이면서 주변 사람들도 사물화되는, 안타까운 인간상의 전형이다.

petit Paris

petit Paris

여행객에게 도시는 인상이다.

    파리나 리옹에서 오래 산 주민과 여행객들에게 도시는 각각 다르게 다가온다. 그러나 정주하는 사람보다는 여행객에게 도시는 더 멋지다. 왜냐하면 도시가 인상파의 그림처럼 빛에 반사된 첫인상으로 어렴풋하게 다가오기 때문이다. 나의 파리에 대한 기록에 파리의 주민은 말한다. "아니, 파리에 6년을 산 나도 파리를 잘 모르겠는데, 며칠 파리에 있다고, 파리를 어떻게 알아요? 그냥 관광이나 하세요." 리옹을 잘 아는 한

지인은 여행객으로서의 내가 리옹에 대해 알 자격이 없다고 한다. 하지만 여행객이기 때문에 알 수 있는 것도 많다. 물론 여행객이 어찌 파리나 리옹의 세세함을 알겠는가. 그러나 도시의 분위기, 전체적 윤곽, 첫인상은 그 도시에 며칠을 묵어가는 여행객에게는 더 오래 남는다. 오래 그 지역에 뿌리박은 사람에게 그 지역은 생활의 공간이지, 첫인상의 공간은 아니다.

우리는 왜 인상파 그림에 열광하는가? 그들은 화가의 독점력을 거부하고 화가로부터 관람객에게로 권력을 이전했기 때문이다. 인상파의 그림은 관람객의 생각과 쉽게 섞인다. 인상파 그림을 찍으면서 그 사진에 내가 살짝 비춰 함께 찍혀진다 해도 전혀 어색하지 않다. 그건 인상파의 그림이 정보를 꽉 채워 빈틈없는 뜨거운 미디어가 아니라 여백과 개입이 자유로운 쿨한 미디어이기 때문이다. 도시도 그렇다. 여행객에게 도시는 더 당만적으로 다가온다. 첫인상으로 쉽게 규정되고 동시에 그 도시에 나를 투영하기 쉽기 때문이다. 그래서 여행객에게 제로 파리나 도시는, 리옹의 도시는 제작되고 제워지는 리옹이 아니라 수 있고, 무어재야 한다.

도시여행의 백미, 파리와 리옹은 문화적으로 풍성하다. 특히 프랑스의 혁명기념일인 7월 14일 전후는 여행하기에 참으로 좋은 시기다. 많은 이벤트도 있고, 축제분위기여서 사람들도 들떠 있다. 거리는 관광객들로 넘쳐나고 정주민들도 함께 들떠 여행객들처럼 부유한다. 스스로도 관광객을 구경하는 관람객이다. 그리고 두 도시, 파리와 리옹을 걷다 보면 비교의 재미도 쏠쏠하다. 프랑스의 수도는 파리이고, 지방의 수도는 리옹이라고 말하지만, 리옹 사람들은 프랑스는 세계문화의 수도이고, 리옹은 프랑스 문화의 수도라고 말한다. 순수한 프랑스를 파리에서 찾기는 이제 어렵다는 것이다. 이제 프랑스를 보려면 리옹으로 오라고 말한다. 도시슬로건도 십여 년간 그랜드 리옹(Grand Lyon), 온리 리옹(Only Lyon)으로 파리와의 차별화를 시도했다. 도시의 경쟁력도 야간조명이라는 특화된 분야를 택해 밤의 우월함을 택했다. 리옹은 파리보다 남쪽에 있어 여름에는 파리보다 밤이 길다. 그리고 겨울에는 파리보다 따뜻하다. 리옹의 밤거리는 화려하고 정신없는 물랭루주의 파리와는 달리, 하나하나가 빛의 예술 작품 같은 풍취를 지녔다. 리옹의 거리는 밤의 음기를 빨아들인 듯하다. 차분하면서도 매혹적인 광경이다. 12월에는 세계 최고의 조명 쇼인 뤼미에르 축제도 있다. 최고의 조명 예술들이 리옹의 대표적인 건물들에 쏴 올려진다. 불꽃놀이가 잠깐 피고 마는 꽃이라면 리옹 빛의 축제는 옷과 같다. 옷은 날개다. 하루 동안, 일주일 동안 – 일주일 동안 같은 옷을 입는다면 – 새로운 파사드로 도시의 거리와 건물들이 날아다닌다. 아마 이때는 화려한 옷을 입고 파티로 가는 청년들의 들뜸처럼, 차분한 도시에서 생동감 넘치는 도시로 돌변하는 리옹을 느낄 수 있을 것이다.

***

빛의 도시: 1986년 당시 리옹 시장이었던 미셸 뇌르가 시 재정의 일부를 야간경관 조성사업에 투자하기 시작하면서, 전문가들에 의해 시의 주요 건축물들과 다리에 조명시설들이 조성되었다. 특히 푸르비에르지구와 올드 리옹의 야경은 관광객들에게는 놓쳐서는 안 될 볼거리라고 한다. 가끔 조명이 과해서 뱀파이어가 나올 것 같은 야릇한 밤 풍경들도 좀 있다.

이우리적 골목.

"어릴 적 좁게만 보이던 작은 골목길에 다정한 옛 친구 달려오는데…"라는 동물원의 노래 가사처럼, 그렇게 좁게 보이던 골목길도 이제는 우리 주변에서 찾기가 어렵다. 서울 강북 어디 즈음일 텐데. 그러나 막상 그곳에 가면 모두 변해있다. 우리 사회에 개발은 이제 수십 년 된 전통이고 소유주의 재산 가치를 생각하면 당연한 순리다. 그렇지만 우연히 찾아 나선 어린 시절 옛 골목길을 찾지 못하니 내 과거의 흔적도 흩어져 사라진 듯하다.

우리는 잃어버린 문화재를 반환받으려 애쓴다. 그리고 우리 역사의 흔적을 찾아 현재를 사는 우리들의 역사적 교훈과 민족적 정체성을 담아내려 애쓴다. 그런데 그 역사와 사회를 구성하는 개인들의 흔적은 너무나 쉽게 사라져 버린다. 내 어린 적 골목과 거리는 사라졌다. 십 년은 한식에서

아우라는 그 자리에 있어야 한다. 그러나 그 자리가 여행을 떠나 다시는 돌아오지 않는다면 어떨까. 아우라가 없는 내 삶의 흔적들도 함께 방황할 것이다. 모든 것은 지나가지만 그 지나간 자리에 흔적은 남는 법이거늘.

파리와 같은 대도시의 거리를 계속 걷다 보면 곧 발견한다. 모든 것이 아케이드이며, 모든 것이 광고이며, 모든 것이 소비의 유혹들이다. 반복의 지겨움이자 동시에 역으로 반복의 미학이다. 워홀의 캠벨통조림 같은 반복이다. 나는 그것이 곧이곧대로(exactly) 똑같은 것이기를 원한다." "당신이 곧이곧대로 똑같은 것을 더 많이 쳐다보면 볼수록, 의미는 더욱더 사라져 없어지고, 당신은 더욱더 텅 빈 상태가 되어 더욱더 좋은 기분을 느낄 것이기 때문이다." 똑같은 것을 계속 보고 있노라면 의미, 특히 본질적인 의미는 사라지고 만다. 어떤 것이든 자꾸 반복하면 그 모든 규정이 사라지고 오로지 극단의 경계인 감각적인 기표만 남기 때문이다.

네트워크로서의 거리.

거리는 섬이다. 섬이 존재하기 위해서는 점과 허브가 있어야 한다. 허브와 거리가 각각 단독으로 분리되어 있으면 네트워크가 성립하지 않는다. 그러면 사람들에게 전체성을 부여하지 못하며 기억에도 서리 잡지 못한다. 섬과 섬이 연결되는 것이 도시의 기획이어야 한다. 파리의 좋은 거리는 그렇게 점과 허브가 있었다. 좋은 거리와 허브는 공존해야 한다. 하지만 오늘날 우리의 거리는 단독으로 존재하는 것이 대부분이다. 그렇게 되면 차를 타고 움직이기는 쉬우나 작은 것들이 모여 하나의 전체성을 구성한다는 생각을 떠올릴 필요는 없다. 단순하고 과격한 반복적 각성이기 때문에 사람들의 주의와 몰입을 방해한다. 때로 반복적이고 과다한 차창 밖 구경하기는 여행에 짜증을 더하며, 차 안에서 바깥세상을 바라본다는 것은 주마간산이어서 대체로 졸음과 피곤 속에 풍경이 뒤섞이는 상태를 유발한다. 그러나 거리가 있다면, 굳이 차를 타고 움직이지 않고 허브에서 허브, 점에서 점을 걸어서 이동한다. 대개 허브나 점은 유명 박물관, 미술관, 오페라하우스, 광장, 건물, 관공서, 학교, 호텔 등 사람들이 모여서 머무는 곳이다. 그리고 거리에는 지나가는 사람들이 오감을 느끼며 보고, 입고, 먹고, 마실 수 있는 가게들이 있다. 이 가게들을 통해 작은 중소상인들의 생활이 유지되고, 도시도 지속 가능한 시스템을 갖추게 된다. 거리의 여행객은 걷는 유목민이지만, 그 안에 여행자를 기다리는 사람들은 대다수의 도시주민이기 때문이다. 거리를 통해, 가게를 통해 정주민과 유목민은 만나 서로 교환한다. 허브와 포인트를 통해 유목민과 정주민은 서로 교류한다. 좋은 도시는 그렇게 점과 선이 잘 연결된, 결국 좋은 거리와 좋은 허브에 의해, 그리고 더 정확히는 그 둘의 집합에 의해 규정되는 공간이다.

우리의 도시 대부분은 점과 선이 분리되고 끊어져 있다. 춘천의 예를 들자면, 애니메이션박물관, 춘천인형극장, 마임축제의 몸짓극장, 학교 등 대부분 허브와 점이 거리라는 선과 연결되기보다는 끊어져 있다고 보는 것이 맞다. 춘천을 방문한 외지인이 인형극장, 박물관, 몸짓극장을 보려고 거리를 걷지 않는 것이 그 이유다. 걷지 않기 때문에 체류하는 시간과 주민을 만나는 시간은 적다. 소비도 일어나지 않아 지역경제에 도움이 될 것이 하나도 없다. 몸짓극장과 인형극장이, 남춘천역과 대학이 서로 이어져 새로운 거리로 조성된다고 말할 때 그건 진정한 거리여야 한다. 진정한 거리는 네트워크로 이어져 걸으며 체험하고 우연한 만남을 즐길 수 있어야 한다.

싼 의자와 비싼 의자. 그런 비교도 참 청승맞다. 그러나 우리나라에서는 이 둘이 너무 비교되는 것이 현실이다. 비싼 의자만 디자인 개념이 있지 싼 의자는 그냥 홍보용의자다. 콜라회사, 아이스크림회사, 소주회사에서 공짜로 판매처에 얹어주어 아무런 디자인도 없이 그냥 모든 가게가 똑같이 그 홍보용 파라솔과 의자를 내놓는다. 아, 이게 주범이었구나. 한국의 거리문화는 온통 주류 음료 회사의 홍보용 야외파라솔과 의자이니, 그것도 모두 똑같고 세련미 하나 없이 만들어진 것들이다. 그러나 유럽은 다르다. 싼 파라솔과 의자여도 의자 다리 끝 하나에서 느껴지는 세밀함이 있다. 끝에 아주 미세한 부분도 살짝 꺾여 아름다움을 생각한 싸구려 의자들. 색깔과 모양이 비싼 의자들과도 잘 어울린다. 싼 의자와 비싼 의자가 함께 있어도 싼 것이 비싼 것에 대해, 그리고 비싼 것이 싼 것에 대해 혼자 튀지 않는다. 이제 거리는 이런 파라솔과 의자들의 작은 것들이 모여 큰 이미지와 분위기를 만든다. 실체는 부분의 합을 기반으로 하고, 또 그것을 초월한다. 부분들의 합은 전체보다 훨씬 크다. 이것도 싸구려 의자를 만드는 사람들에게 아직 장인 정신이 사라지지 않았음을 확인할 수 있는 증거이다. 싸구려이기 때문에 대충, 싸게 만들면 된다고는 아무도 생각하지 않는다. 싼 것은 보급품이고 보급품은 많은 사람에게 활용되기 마련이다. 싼 것일수록 도시를 구성하는 더욱 중요한 요소가 된다. 수가 많기 때문이다. 싸다고 싼 만큼 싸구려로 내버려두면 그 도시도 싸구려가 된다. 거리는 도시의 피부이자 핏줄이다. 그래서 거리의 모습은 장인정신의 존속과 관계된다. 세상에 장인의 정신이 널리 퍼져 있을수록 거리의 모습도 조화롭고 아름답고 사적이다.

보이지 않는 것이 중요하다.

프랑스 파리의 대표적인 국제공항은 샤를 드골 공항, 리옹은 생텍쥐페리 공항이다. 비록 파리가 드골로, 리옹이 생텍쥐페리로 대변될 수 없어도 그것이 주는 연상 작용은 놀라운 치유력을 발휘한다. 공항에 도착했을 때 그 친숙함이란, 특히 생텍쥐페리의 이름은 누가 뭐래도 리옹의 낯섦을 친숙함으로 바꿔주는 기호이다. 인천공항이 주는 최고의 자유연상효과는 무엇일까? 생각이 잘 나지 않지만 그런 고민이 있으면 좋겠다. 그게 세상을 바꾸는, 한국을 바꾸는 기호가 될 최고의 작품일지 누가 알겠는가?

호명에서 오는 이미지는 실재하지 않는 것이지만 그 상상력을 지역과 연결함은 지역에 또 다른 엄청난 자원이자 권력이다. 사실 인천공항에서 인천은 실재하지 않고 느낌도 없다. 다른 연상 작용도 없다. 인상은 인간을 자유시키는 힘이다. 인간의 삶은 자유연상이고 욕망이다. 욕망의 충족을 통해 인간은 치유 받는다. 고문 중에 가장 힘든 고문은 잠을 자지 못하게 하는 것이라고 한다. 잠을 재우다가도 꿈에 들어가지 못하게 하는 고문이 가장 참기 힘든 고문이다. 꿈을 꾸지 못하게 하면 인간은 미쳐버린다. 모든 인간의 치유는 꿈에서 시작한다. 꿈은 욕망의 충족이자 동시에 인간으로서 존재하게 하는 최고의 위로로, 인간 진화 최후의 작품이다. 꿈은 조각이다. 우리가 깨어나 그 꿈을 기억하며 꿈에 우리 삶의 스토리텔링을 보태어 연결시킨다. 이어가기를 통해 스토리를 만들면, 인간은 그 스토리를 통해 두뇌의 부담과 불확실성을 줄여 삶의 예측 가능성을 높인다. 비록 그 스토리가 환상이어도 믿을 수 있는 것이 생겨나니 의지처가 생기는 것이다. 그래서 꿈을 통해 해몽을 말할 때 우리는 행복해진다. 해몽 그 자체가 우리 인생과 꿈을 연결시키며 스토리를 만들어내기 때문이다. 학교숙제에 일기 쓰기보다 꿈 일기와 해몽일기 쓰기가 아이들 행복에 훨씬 도움이 되고 글쓰기 실력도 훨씬 빨리 늘릴지도 모르는데 우리 교육은 그걸 판타지소설 만들기쯤으로 간주하고 있다. 우리의 교육이 상상력과 창의력을 통해 행복한 아이들 만들기로 빨리 바뀌었으면 좋겠다. 아마 그렇게 된다면 새로운 커리큘럼의 첫 번째 리스트는 꿈 해몽 일기쓰기가 되어야 할 것이다.

　서울의 막힌 길에서 우리는 에너지를 자동차의 이동도 아닌 기다림이란 정체에 그냥 써버리고 만다. 어떻게 이런 아이러니가 있는가. 이동을 위해 사용하려는 에너지가 정체를 위해 사용되다니. 흔히 지금을 유목민의 시대라 부르지만, 그건 자동차의 시대와는 분명히 다르다. 이제 자동차는 정착을 위한 도구이지 이동을 위한 도구가 아니다. 자동차의 외관은 빨리 달릴 때보다 주차하면서 과시할 때 더 필요하다. 그리고 자동차 안에서는 철저히 움직임이 없지 않은가. 진동이 최소화되어서 내가 최대한 움직이지 않는 곳이 바로 자동차공간이다. 그리고 자동차만큼 나만의 공간이란 없다. 지하철의 공간은 아무나 침범해도 - 물론 적어도 프랑스는 아닌 것 같다. 연인들이 같이 있다면 아무리 복잡해도 끼어들 수 없다. - 자동차의 공간은 누구도 침범할 수 없다. 자동차는 정주의 공간이고 그렇게 발전하고 있다. 자동차에는 좌석 히터나 통풍시트는 기본이고, 냉장고에 화장실까지 들어간다. 당연히 도로도 더욱 평탄해질 것이다. 자갈길도 아스팔트길로 바뀌고, 아스팔트길은 진동이 없는 첨단소재도로로 바뀔 것이다. 자동차는 더욱 안락해지고 있다.

　비행기는 아예 도시를 옮겨놓는다. 그 안에는 바와 같은 사교의 공간도 있고, 쇼핑과 금융결제까지 가능하다. 이동의 공간들, 유목민을 위한 공간들이 더욱 정주적인 환경으로 치닫고 있는 것이다. 말 위에서 찬바람 맞고 말의 숨찬 소리를 들으며 자연과 교호하던 시대는 지났다. 인간은 더욱 이동하고 있지만, 역설적으로 그 이동은 더욱 정주적 삶을 강화한다. 유목과 이동에서 중요했던 건 새로운 사람과 새로운 환경을 만난다는 것이다. 그러나 지금 이 발달한 자동차와 비행기는 내가 만나는 환경과 사람을 더욱 제한시키고 있으며, 그래서 세상과는 소통하기가 더 어려워진다. 부질없어 보이긴 하나, 자동차가 완벽히 지배하는 세상이니 어쩔 수 없다.

이제 근본적인 질문을 던져보자. 자동차는 진정 우리 삶을 풍요롭게 하는가? 더욱 빠른 속도의 자동차로 더 빨리 목적지에 닿으려고 끌고 다니는 게 자동차인데 결과적으로 한국인의 통근시간은 지난 10여 년간 더욱 늘어났다. 여름 홍수와 산사태 재해로도 많은 인명 피해가 나지만 자동차만큼 큰 살인자도 없다. 도킨스가 말했듯 현대사회 가장 큰 1등 살인자는 배타적인 종교적 신념이다. 지난 세기 동안 셀 수 없는 사람들이 종교적 신념의 희생자가 되었다. 마녀사냥과 종교전쟁이 대표적인 예다. 그 배타적 종교신념 다음의 2등 살인자는 자동차다. 인간 역사를 통틀어 합리화된 근대에 들어서면서 자동차는 일약 살인자리스트의 선두권을 형성한다. 그리고 난 다음 3등 살인자가 감옥에 가는 '평범한 인간 살인자' 다. 당사자와 그 주변에 크고 작은 교통사고를 겪지 않은 사람이 우리 주위에 있던가. 그렇다면 왜 우리 인간은 자동차를 몰고 다니면서도 그것들에 질질 끌려다니는가. 자동차가 삶을 망친다는 생각은 왜 한 번도 하지 못할까. 설혹 한다고 해도 왜 실천하지 못할까. 왜 우리는 직장과 점점 더 멀어지고 있고 자동차의 성능은 좋아져도 더 빨리 직장에 닿지 못하는가.

그건 근본적으로 대도시의 분업이 만들어낸 체제이다. 내 직장은 우리 동네가 아니라 점점 더 대도시의 한 지역에 집중되었다. 그렇다면 내가 그 언저리에 살면 된다. 내가 다니는 은행이 내 주변에 있듯이 내가 다니는 직장도 내 주변에 있으면 되는데 그게 어렵다. 그래서 소규모 가게와 자영업은 이 세상 전체 인류의 삶의 질에 아주 중요하다. 하지만 이젠 큰 기업들이 더 커져 작은 가게들과 자영업을 먹어버리고 우리네 자영업이나 소규모 가게는 모두 프랜차이즈로 변해버렸다. 프랜차이즈의 생존기간은 평균 2년. 2년이 지나면 투자금을 뽑고 수익이 나기 시작한단다. 그렇지만 수익이 나는 요식업 프랜차이즈들은 많지 않아 우리나라의 작은 가게들은 2년을 단위로 확확 바뀌어버린다. 그러니 어느 거리를 가도 공사판이고, 어디를 가도 자주 가게들이 바뀐다. 우리 동네에서 오래된 괜찮은 가게는 이제 없다.

쁘띠의 삶. 그게 그렇게도 억울하고 비참한 삶인가? 그렇지만 넓은 시야로 다시 바라보면 지금 우리가 이렇게 척박하게 아침저녁 지하철에 앉아서 졸고, 자동차의 매연들을 마시며 도로에 시간을 뿌리는 이유도, 작은 가게를 꾸리고 장인의 기술을 연마하는 쁘띠적 삶에 대한 비아냥 거림과 불인정에서 유래한 것일지도 모른다. 그렇지만 우리 사회는 그런 면에서 갈 길이 너무 멀다. 이제는 크리슈나의 수레를 탄 것 같은 느낌이다. 거대한 힘이 아니라면 속수무책으로 보인다. 그렇다면 어찌하랴. 크리슈나의 수레를 멈출 수 있는 힘들이 모일 때까지 조금씩 힘을 보태고, 나머지 힘은 삶을 풍요롭게 하는 일에 써야 한다. 윤회의 수레야 반복되지만 현생은 지금 한 번뿐이다. 수레에서 벗어나는 꿈도 필요하다. 여행은 그 좋은 수단이다. 지금 당장 내가 가지 않은 곳으로 떠나라. 왜 꼭 해외여야 하는가. 왜 굳이 최고의 휴식처만을 고집하는가. 작고 좁은 춘천의 골목길도 좋고, 통영의 산골 집들도 좋다. 서울에 마지막 남은 달동네도 좋다. 내가 가보지 않은 곳을 밟으면 그게 여행이다. 그건 나에게 새로운 자극을 주고 새로운 상상을 주고 새로운 꿈을 준다. 크리슈나의 수레에서 잠시 벗어날 수 있다면 얼마나 다행스런 일인가.

파리 센 강변에서 마주친 팻 타이어(Fat Tire) 바이크 투어 떼들. '와우, 저거 진짜 재밌겠다. 자전거 여행하면 막상 혼자 하긴 두렵고 안전에도 문제 있을 것 같은데, 저렇게 단체로 가이드까지 대동하고 영어로 안내하고 다른 프로그램과도 연계되고 말이야.' 지나가는 바이크 투어 떼는

대부분 20대에서 30대 청년들이다. 얼굴에 웃음이 만연하다. '아, 조금
만 젊었다면, 아니 한 살이라도 젊을 때 저걸 해야 하는데.'

　차 타기에 지하철에 걷기에 지겨움을 느끼는 유럽여행객들에게 하루
이틀 정도는 바이크 투어가 제격일 것 같다. 특히나 파리나 런던 같은
대도시여행에는 더욱더 특별한 경험이 될 것이다. 물론 지하철이나 버
스를 이용하면 특별한 문제야 없지만, 걷기만 한다면 제한된 시간에 많
은 걸 볼 수는 없을 것이다. 그렇다고 차로 다니면 몸으로 체감하는 여
행이 아니고, 자동차가 대신 여행하는 꼴이 된다. 이건 테니스를 치는
게 힘드니 하인에게 대신하라고 시키는 꼴과 같다.

　자전거는 풍경을 몸으로도 느낄 수 있으니 시간절약형 여행객에게 여
유까지 준다. 안전이 문제이긴 한데 전문적이고 경험이 많은 가이드도
있단다. 물론 간혹 이상한 가이드가 걸리면 여행이 엉망이 될 수도 있
고, 그래서 혼자 걷는 여행이 속 편하고 자유롭다는 사람들도 많다. 그
렇지만 당신이 만약 청년이라면 '바이크 떼' 여행은 한 번쯤 권하고 싶
다. 파리의 대로변에서 많은 청년들이 자전거의 안장에 걸터앉아 신호
등을 기다리며 즐겁게 웃던 표정들이 내 기억에서 영 떠나질 않으니 말
이다.

***

See more, less effort, more fun.: Fat tire bike tour는 파리, 베를린, 바르셀로나, 런던 등 대도시를 자전거로 투어 하는 여행 상품이다. 파리의 경우 베르사유, 퐁피두, 루브르 등 지역별로 별도의 프로그램이 운영되고 있으며, 나이트 투어, 개인 투어 등 맞춤형 특별 프로그램도 마련되어 있다. 홈페이지 예약을 통해 참여할 수 있고 가격은 50유로부터 다양하다. 단, 한국식으로 자전거타기용 옷을 준비해갈 필요는 없다. 사이클 선수인 줄 안다.

# 파리를 떠나면서, 실존에 대하여

K-POP 한류, 그리고 축구클럽 바르셀로나: 사육의 명가들.

    한류가 아시아를 넘어 문화중심지 파리에서도 큰 인기다. 파리에서의 한류인기를 보고 있자면 한국문화에 대한 괄목상대다. 유럽인들의 괄목 상대만이 아니라 한국 자국민들의 한국에 대한 괄목상대다. 유럽 어디를 가나 삼성과 엘지 같은 대기업 브랜드는 참 고맙다. 미운 짓도 많이 하는 대기업이지만 타국 땅에선 자연스럽게 같은 편이 된다. 그런데도 삼성, 엘지가 한국기업인 줄 아는 이는 거의 없다. 그런데 케이팝(K-POP)덕분에 한국이 많이 알려졌다. 케이팝을 좋아하는 아이들은 자연스럽게 삼성과 엘지가 한국기업인 줄 알게 된다. 음악을 좋아하니 한국을 좋아하게 되고, 한국의 좋은 점을 찾다 보니 놀랍게도 삼성, 엘지가 다 한국기업이었다는 것이다.

아이돌 가수들에 대해 노예계약이다 집단사육이다 하면서 비판의 말도 많지만, 결국 한국식 주입식 집중 교육의 효과가 세계적인 경쟁력이 있는 것으로 입증되는 것 같다. 그것은 사실 아주 간단한 이야기다. 젊고 예쁜 아이들이 엄청난 노력과 학습으로 그 분야에 최고가 되었다는 것이다. 만 시간의 법칙, 10년의 법칙과 같다. 문제는 대부분의 선진국에서 청소년들은 노는 반면 우리 청소년들은 너무 공부에 시달린다. 공부하는 아이들이건 예능을 하는 아이들이건 다 마찬가지이다. 우리나라 청소년들의 여가시간은 아주 빠듯하다. 그런데 그걸 미국 오바마가 찬양하고 프랑스가 거든다. 아이돌이라 해 봤자 처음에는 여러 아이들 중 약간 잘하는 아이들이었다. 그러나 절차탁마의 자세에 댄스와 외모, 언어 학습, 프로듀싱능력, 아티스트능력 등이 결합된다. 또 집단학습을 장기간 하니 서로 무대에서의 호흡은 눈빛만으로도 맞춘다.

그런데 이게 문제가 많다고? 그럴 수도 있겠다. 그러나 그건 바르셀로나의 축구팀의 절묘한 패스와 같은 원리이다. 유럽축구 최고의 클럽 바르셀로나는 박지성의 맨체스터 유나이티드를 무찔렀다. 바르셀로나의 플레이를 표현하자면 마치 TV 장면을 리모컨으로 두 배 빨리 돌리는 듯한 속도의 축구다. 바르셀로나 선수의 팀워크는 대화가 아닌 눈빛이다. 말하지 않아도 알아서 척척 패스가 이뤄지고 어느새 골문 근처에서 슈팅 찬스를 노린다. 어떻게 그런 예술 축구의 경지에 올랐을까. 그 눈빛 주고받기의 배경에는 오랜 세월 함께 해온 바르셀로나의 유소년축구가 있다. 바르셀로나 선수들은 어릴 적부터 함께 훈련하며 선수로 성장한다. 결국은 인 하우스 시스템(in-house system)이다. 함께 먹고 자며 이해의 폭을 넓히면 그게 눈빛이 되고, 촉이 되고 이심전심이 된다. 말하지 않아도 짐작할 수 있는 경지에 이른다. 새로운 형태의 가족이다. 현대사회에서 가족은 해체되고 개인화는 심화되지만, 한국의 K-POP과 바르셀로나축구에서 보듯 가족은 새로운 형태로 재구성되고 있다. 새로운 가족의 탄생이다.

파리의 지하철에서 연인에게 떠밀리다.


지하철은 연인에게 임시 점유된 사적공간인가? 파리의 씨떼역에서 복잡한 지하철을 타려고 하는데 서로 껴안은 젊은 남녀가 나를 밀친다. 이쪽으로 타지 말라는 뜻이다. 다른 문으로 타라고 손가락으로 '지시' 한다. 서로 껴안은 공간을 내가 직접 침입한 것도 아닌데 타려고 하니 나를 밀친다. 건장한 프랑스 젊은 남녀의 공력에 나는 쉽게 밀렸다. 한국의 옛날 푸쉬맨이 그리울 정도로 두 사람의 역푸쉬는 강했다. 바깥으로 밀려나는 역푸쉬는 여기서 처음 당한 듯하다. 생을 통틀어 복잡한 지하철을 타본 횟수가 족히 5,000번은 되었을 터인데 그 중 5,000분의 1의 확률로 물리적 법칙이 뒤바뀐, 바로 그 역푸쉬가 파리에서 벌어졌다. 한국에서는 푸쉬맨이 있었고 지금은 버스안내양 부활 이야기도 나오고 있는데, 파리는 한국의 지하철 역사를 한 번쯤 챙겨볼 일이다. 그러면 외로운 싱글들이 험한 아침 출근길에 지하철 한 대를 놓치지 않기 위해 지하철에 어떻게 매달리는지를 절실히 알게 될 것이다.

한편, 이런 생각도 해본다. 내가 그들이었다면 어땠을까. 관계란 신뢰에 기반을 둔 유대이며, 신뢰는 이미 주어진 것이 아니라 노력에 의해 획득되는 것이며, 그 작업에는 자아 개방의 과정이 포함된다. 상호 자아 개방을 하는 최상의 것은 이성 관계다. 낭만적 사랑의 사회 풍조가 형성된 것은 로렌스 스톤도 지칭했듯이, 정서적 개인주의이며, 이는 개방성과 밀접하게 관련된다. 낭만적 사랑의 이상은 인생이 낭만으로 전환될 수 있다는 것이다.

"이 세상에는 오직 한 사람만이 존재하고 있으며 그 사람과는 모든 면에서 결합할 수 있다는 관념; 그 사람의 인격은 너무나 이상화되어서 인간

본성에 보편적으로 있는 결점과 어리석음이 시야에서 사라진다. 사랑은 번개와 같아서 처음 보는 순간에 사랑에 빠지게 된다. 사랑은 이 세상에서 가장 중요한 것이며, 그 밖에 다른 모든 것은, 특별히 물질적인 것은 사랑을 위해서라면 희생되어져야만 한다. 그리고 마지막으로 개인적 감정을 자유롭게 표현하는 것은 설사 그 결과로 나타난 행동이 다른 사람들에게 얼마나 과장되고 어리석게 보일지라도 찬양할 만한 일이다."

정말 현대는 낭만적 사랑이 살아 있는가. 그런 것 같다. 적어도 프랑스에서는 아직 그렇다. 지하철에서 나는 그 커플로부터 거세게 튕겨 나갔지만, 그건 아마도 자신들 둘만의 개방성을 위해 내가 배타적으로 희생된 것이리라.

도마뱀은 키스로 죽이고, 살모사는 포옹으로 죽인다.

강요되지 않는 시간이 너무 많아 무료해지면 뇌는 자극을 필요로 한다. 가만히 있는 뇌는 부정적 생각으로 가득 찬다. 나쁜 생각이 우리 뇌를 쉽게 지배하는 이유는 우리 뇌가 늘 자극을 원하기 때문이다. 가장 효율적인 즉 빠른 시간에 우리 뇌를 일순간에 지배하는 대단히 큰 자극은 부정적 생각이다. 아 어제 그 친구는 나에게 왜 그런 말을 했지? 내가 한 일에 대해서 그렇게 못마땅한가? 그냥 술자리에서 지나가는 말로

들은 핀잔이 이리저리 뒹구는 시간에 갑자스레 뇌를 자극한다. 그러면 우리 뇌는 하나의 자극에 반응하며 그 자극을 키운다. 쓸데없고 비생산적이지만 그렇게라도 하지 않으면 뇌는 무료해진다. 생각 비우기에도 그래서 노력이 필요하다. 아무것도 하지 않으면 뇌는 자극을 원하고 그 자극은 부정적이기 쉽기 때문이다. 그래서 생각 비우기는 다른 그 무엇보다도 적극적인 행위이다.

사랑은 밀고 당김이다. 끊임없이 서로를 테스트하고 확인한다. 뇌에게 사랑만큼 지속적인 자극을 가하는 것도 없다. 하루 온종일을 지배한다. 일이 손에 잡히지 않고 잠도 잘 오지 않는다. 괴로운 때도 많지만 사랑이란 거대한 자극에 중독되어 사랑을 결코 떠나지 않으리라 장담한다. 그리고 그것 때문에 '사랑'에게 고맙다. 나를 학대하는 쓸데없는 걱정을 잊게 하고 신뢰하는 타인에게 인정받고 '장기적인 관계'로 유지해 나가고자 하는 '사랑의 게임'을 계속 자극하기 때문이다. 그런데 문제는 그 자극이 긍정적인 것과 함께 부정적인 것도 있다는 것이다. 그리고 시간이 갈수록 부정성에의 자극이 점점 더 많아진다. 시간이 지나면 행여나 내 사랑이 식지 않았을까 걱정하여 확인하려 들기 때문이다. 그리고 부정적인 것이 사랑을 확인하는데 긍정적인 것보다 훨씬 더 빠른 효과가 있는 것도 사실이다. 내가 힘들 때 멀어지는 사랑이 어찌 사랑이겠는가. 애착의 역설이다.

인간은 가까움에 약하다. 먼 것은 보기 어렵고 가까운 것은 보기 쉽다. 먼 기억은 시간을 들이거나 계기가 있어야 겨우 떠오른다. 트라우마가 되고 나서야 피하려 애쓰고 늘 신경 써서 챙기려 한다. 그러나 걱정을 끼고 사는 트라우마를 좋아할 사람은 아무도 없다. 그래서 이제는 망각이 더 좋아진다. 지금의 과학기술과 탁월한 검색기술은 언제 어디서나 나를 찾을 수 있다. 나도 나를 검색하지만 남도 나를 검색한다. 서로의 평판을 확인한 뒤 별문제가 없다 싶으면 안심한다. 가히 평판의 시대라고 할 만하다. 그러나 나를 평판에서 벗어나게 해주는 것은 없나. 나를 찾지 않고 어디에서도 찾을 수 없는 잊힐 권리는 이제 어디에도 없는가?

물망초의 시대는 지나갔다. '나를 잊지 말아요'가 아니고 '나를 잊어 줘'가 더 편하고 위로받는 시대다. 검색에서 하나라도 나에 대한 부정성이 나타나면 그건 다른 모든 긍정성을 압도할 것이다. 내 말, 내 이름, 내 생활에 늘 신경 써야 하는 나는 이제 '청인교사'로서 살아가야 하는 운명인가, 아니면 자유인으로서 사생활을 보호받으며 살아가야 하는가 판단해야 한다. 도대체 이런 프라이버시 종말의 시대에 진정한 자유란 존재하는 것일까? 자유주의를 위한 신권리장전이 필요하다. 망각권을 위한 권리장전, 즉 반물망초법이 필요한 때다. 반물망초연대라도 만들어 프랑스혁명이 지켜온 자유, 평등, 박애의 가치를 다시금 이 첨단의 시대에 지켜내야 할 때다. 2011년 7월 14일 프랑스의 혁명기념일에 우리는 새로운 자유를 외친다. 그것은 망각권이다. 망각권은 근대에서 태동한 개인을 지켜내야 하는 새로운 가치로 되살아나야 한다.

## 전쟁은 아름다운 오페라?

7월 14일, 파리 오페라극장 앞이 탱크와 장갑차로 붐빈다. 명품거리로 유명한 오페라하우스 앞 광장에 탱크와 장갑차가 군인들과 함께 늘어서 있다. 아이들은 탱크 앞에서 뛰어놀고. 군인들은 총기사용법을 친절하게 가르친다. 혁명기념일을 기념한 프랑스 군인들의 전시회가 열렸다. 민중들에 의한 프랑스혁명은 프랑스국가의 수호를 위한 무장군인들의 사열에서 그 상징성이 극대화된다. 개선문과 루브르박물관을 날아가는 프랑스 역대전쟁 참전 비행기의 사열도 혁명기념일의 상징이다. 이 행사의 마지막, 에펠탑에서 밤 11시에 펼쳐지는 불꽃놀이도 화약냄새와 대포 소리를 동반하며 사람들의 감정을 뒤흔든다. 전쟁만큼 사람을 미치게 하는 것도 없다. 전쟁은 그 엄청난 소리와 폭발의 스펙터클로 사람들을 미치게 한다. 넋 빠진 인간들의 유희적 산물이다. 전쟁은 인간의 죽음을 의미 없게 만들고 그래서 삶을 쉽게 보도록 만드는 장치다. 인간의 목숨을 수단으로 내모는, 모든 실존적 명제를 무력화시키는, 똑똑하지만 정신 줄은 놓아 좀비 같은 인간에 의해서 저질러지는 인간 최고의 모순이다.

　인생이 게임인가. 진정 게임으로 안다면 괜찮다. 인생을 제대로 게임이라고 볼 수 있다면 자기 인생을 한 발짝 객관적으로 볼 수 있게 된다. 그것은 결말을 생각하면서 타인에 대해 선을 행할 수 있다는 뜻이고, 안전을 동반하면서 함께 즐길 수 있다는 뜻이다. 사생결단할 이유가 없다. 지더라도 툴툴 털고 일어나면 된다. 그런데 문제는 웃자고 한 일을 지고 이기는 것에 목숨 걸면서 죽자고 덤비는 일이다. 불행은 게임과 인생을 구분 못하는 일에서, 다시 말하면 게임의 진정한 속성을 간과해서 벌어지는 일이다. 일에 최선을 다하지만 때로는 상대회사에 수주를 빼앗길 수도 있다. 안타깝지만 툴툴 털면 된다. 게임의 규칙을 정확히 지키며 다음 기회를 노리면 된다. 그러나 그걸 참지 못하고 중상모략하고 폭력까지 행사한다면 일은 이제 인생까지 망치기 시작한다. 자신의 일을 객관적으로 보는 능력을 상실해 버리는 것이다.

　나는 전쟁영화를 좋아한다. 전쟁을 좋아해서가 아니고, 전쟁을 표현하는 영화의 매력 때문이다. 전쟁을 통해 인간이 얼마나 최고의 똑똑함에서 쉽게 무지몽매로 직하하는지 그 모순적 행태를 전쟁을 실제로 겪지 않고도 잘 확인할 수 있기 때문이다. 그리고 똑똑한 인간에 대해 구역질을

느끼고, 죽음과 불안이라는 인간의 실존을 전쟁영화에서 다시 확인할 수 있기 때문이다. 〈인생은 아름다워〉에서 아버지가 아들에게 전쟁을 게임으로 인식시키며 삶에 모든 선을 애써 행하는 모습에서 그렇고, 드라마 〈포화 속으로〉에서 6.25전쟁의 국군학도병 탑이 젊디젊은 북한군 병사가 "어머니"라고 한국말로 외치는 걸 바라보며 자기와 다르지 않은 인간임을 느끼는 것에서 그렇다. 그래서 전쟁영화는 영화를 통해 전쟁을 막아내는 무의식의 도구다. 이 세상에서 가장 먼저 노벨평화상을 받았어야 하는, 인간의 실존을 실현하는 중요한 도구다. 최초로 영화를 상영한 뤼미에르 형제는 마땅히 칭송받아야 한다.

리옹의 뤼미에르 형제가 1890년대에 영화를 대중들에게 상영했을 때 관객들은 기차가 자신을 덮치는 줄 알고 놀라 도망갔다고 한다. 영화는 〈기차의 도착〉이라는 제목이었고, 그냥 열차가 도착해서 사람들이 내리는 장면이 전부였다. 그런데 사람들은 모두 도망갔다. 왜 그랬을까. 영화가 진짜인 줄 알았던 것이다. 이제 우리는 그런 어리석음 없이 영화를 본다. 영화는 가짜다. 그러나 그 가짜를 진짜로 우리 무의식은 받아들인다. 영화의 힘은 거기서 나온다. 안전한 가짜 속에서 우리는 실존적 체험을 할 수 있는 기제를 갖게 된 것이다. 영화는 인간 휴머니즘을 실천한 발명품 중에서는 최고다.

생텍쥐페리도 그랬다. 고독 속에서 늘 인간의 본질을 찾아내려고 애쓴

그의 작품들은 시간을 초월한다. 인간으로 존재하는 한 인간은 늘 죽음과 불안과 걱정으로부터 탈피할 수 없다. 그런 죽음과 불안과 걱정을 잊기 위한, 그 많은 독재와 권력과 권위와 쾌락 속에 빠진 인간 어른들을 진실과 순수와 용기와 인내로 인도한 어린 왕자는 "늘 죽음을 생각하세요. 당신은 아무리 돈이 많고, 지식이 많고, 힘이 강해도 유한하고 나약한 인간에 불과합니다. 강해지려면 착하고 순수해지세요."란 말로 용기 있게 그러나 자연스럽게 우리를 설득한다. 어린아이의 마음을 조금이라도 간직한 사람이라면 쉽게 설득된다.

인간실존은 리옹과 잘 통한다. 생텍쥐페리와 뤼미에르 형제의 과거 모습을 느낄 수 있는 설렘은 오직 리옹에서만 가능하다. 내 무의식의 방향이 리옹으로 향한 이유도 바로 거기에 있었다.

***

프랑스 최대의 국경일 혁명기념일에는 파리 전역에서 화려한 축제와 구경거리가 펼쳐진다. 밤에 펼쳐지는 에펠탑의 불꽃놀이가 가장 유명하며, 불꽃놀이 명당인 사이요궁 일대는 전 세계에서 모인 사람들로 인산인해를 이룬다. 또한 이날은 에펠탑 주변 지하철역 접근이 모두 차단되므로 어설프게 가고 싶다고 했다간 하루 공치기 쉽다.

# 파리에서 리옹으로 가는 길목에서

리옹에는 리옹역이 없다. 그럼 리옹역은 어디에 있을까.

　공항과 기차역은 떠나는 공간과 기다리는 공간으로 구성되어 있다. 공항과 기차역은 반복 동일성의 시대에 무언가 새로운 사물을 위한 기대로 충만한 장소다. 기다림의 권태를 각성과 설렘으로 바꾸는 공간이다. 리옹역은 파리에 있고, 리옹에는 리옹역이 없다. 파리에 리옹역이 있다는 것은 파리의 기차역에 도착하는 순간, 리옹에 있는 것과 같다. 이곳에서는 수많은 TGV가 파리를 떠난다. 그리고 괴력의 속도로 2시간이면 리옹에 도착한다. 우리는 파리의 리옹역에서 괴력의 속도를 탑승 전 미리 체감한다. 이미 리옹에 와 있는데, 굳이 서두를 필요가 없다. 파리에 역을 두고 리옹역이라 명명한 이유를 알 듯하다. 당신은 이곳에서 기다림과 권태를 느낄 틈도 없이 유체를 이탈하고 잠깐 눈 감고 일어나면 그곳 또한 리옹이다. 파리는 이미 가상의 매트릭스 세계가 또 다른 현실 세계임을 알았던 듯하다.

TGV 열차는 대략 30량. 그런데 량의 번호도 드문드문 쓰여 있을 뿐이다. 좌석의 창가석과 복도석에 대한 구분이 그림으로 표현된 것은 참 인상적이었다. 창가석, 복도석도 노인들이나 어린이들에겐 어려운 말이고, 윈도나 아일이라는 영어는 외국인에게는 더더욱 어렵다. 센스 있게 창가좌석은 창가가 복도좌석은 복도가 그림으로 표현되어 있어 더 정확히 앉아야 할 듯하다. 즉각적 지시다. 숫자나 텍스트로 쓰여 있으면 대충 앉아도 될 것 같은데, 그림으로 된 표현은 왜 표시된 그대로 따라야 할 것 같은 느낌이 드는 걸까. 텍스트는 내 행동에 대해 한 번 더 해석하는 과정을 거친다. 숫자만 보고 위치를 알 수는 없다. 숫자에서 위치로 가면서 내 두뇌가 더 수고해야 한다. 한 번 더 보거나 한 번 더 생각해야 하는 것이다. 그래서 우리나라는 복도석이나 창가석 구분 없이 대충 앉아도 옆 의자 손님은 알아서 남은 옆자리로 앉는다. 아주 가끔 자기 자리에 특별한 애착이 있는 사람만이 "제자리가 창가 자리인데 좀 비켜주시겠어요."라고

한다. 사람들은 어지간하면 자리선택에 문제가 있더라도 함께 앉아가야
할 사람에게 '뭐 이 정도야' 하면서 알아서 옆자리를 택한다. 그러나 이
미지는 다르다. 즉물적이다. 그대로 따라야만 할 것 같다. 텍스트에서
이미지로 번역의 단계를 거칠 필요가 없기 때문에 바로 따라야 할 것 같
다. 그만큼 이미지는 행동으로 바로 연결되고 그래서 백 마디의 말보다
아주 강력하다. 말 한마디는 진 낭 말을 갚을 수 있지만, 이미지 하나는
세상을 발칵 뒤집을 수 있다.

거리의 파사주도 그렇다. 상품에 대한 설득력 있는 문구보다, 장기에
진시된 상품들은 바로 이미지로 우리 뇌리에 박힌다. 손을 내밀어 바로
가지고 싶다. 행여나 가게에 들러 이것저것 살펴보다 비싼 듯하여 나오
면 '충동욕구를 잘 조절했구나, 사지 않길 잘했어!' 라는 생각보단 '여기
아니면 또 어디서 그걸 살까. 용기 내서 살 걸 그랬나?' 하는 생각이 더
자주 든다. 이게 바로 파사주의 위력이다. 그 어떤 감언보다도 강력한
파사주 이미지의 권력이다. 그렇지만 거리는 아케이드여서 또다시 다른
가게에 눈이 팔린다.

리옹으로 떠나기 전 파리 생제르맹의 유명한 치즈가게에 들렀다. 작
은 치즈가게임에도 사람들이 붐볐고, 점원은 내가 여행객임을 바로 알
아채고는 '노 포토' 라고 몸짓한다. 불어로 해봤자 못 알아들을 테니까
몸짓으로 한 것이겠지만 어떤 말보다도 더 강력했다. 아예 사진기를

만지작거려도 안될 것만 같은 강력함이다. 물론 사진을 찍어서 한국에서 똑같은 것을 만들려고 하는 카피캣의 우려겠으나, 음식인 치즈조차도 맛보다는 갖가지 모양을 만들어낸 그 작품들의 유출이 걱정됐을 것이다. 이해가 간다. 별모양, 소시지 모양 등 수백 가지 모양의 치즈들. 모양의 차이는 같은 맛도 다르게 느끼게 한다. 이미지의 강력함은 치즈에서도 여지없는 사실이다. 예쁘면 먹기도 전에 맛나지 않던가. 이곳 바르텔레미는 치즈의 판타지다.

\*\*\*

치즈가게, 바르텔레미(Fromagerie Barthelemy): 파리 최고의 치즈가게로 꼽히는 바르텔레미는 생제르맹 그르넬거리에 위치하고 있다. 치즈와 함께 이 거리의 유명 빵집에서 공수해 온 푸알란 빵을 구입할 수 있다. 단, 사진기는 몰래 숨기고 들어가야 한다. 점원 아줌마가 사진기만 보면 경기(驚氣)를 일으킨다.

## 소셜네트워크에서 리더의 답을 얻다.

프랑스의 문화도 알 겸 여행 전 숙박시설을 알아볼 때 호텔보다는 가정집 민박을 찾아봤다. 마침 휴가 시즌이라 비는 집을 빌려주고 돈을 버는 평범한 B&B(Bed&Breakfast) 집들도 꽤 있었다. 그렇지만 이런 매칭프로그램이 잘되지 않는 이유는 신뢰의 문제이다. 관광객이 도둑이 될 수도 있는데, 뭘 믿고 내 집을 빌려주나. 한계가 있을 수밖에 없다.

그래서 예전에는 다들 속 편하게 호텔을 찾았다. 그렇지만 이제 세상이 달라졌다. 소셜네트워크의 시대가 여행의 패턴도 바꾸었다. 한 사이트는 소셜네트워크 기반으로 B&B 프로그램을 운영하고 있고, 신뢰도도 높았다. 나도 소문으로 듣고 그 사이트에 들어가 보니 이미 두 달 전 예약이 꽉 찬 상태였다. 사진상으로는 집들도 꽤 괜찮아 보였다. '아니 이렇게 좋은 집을 모르는 사람들에게 돈 몇 푼에 어떻게 빌려줄 수가 있지?' 물론 그런 집들을 총괄적으로 관리하는 사람이 있긴 하지만 이런 사이트가 인기 있는 것은 바로 소셜네트워크 때문이다. 페이스북에 인증된 사람들만 이 사이트를 이용할 수 있다. 그 집을 신청한다고 해서 아무나 빌려주지 않는다. 신청하면 그 사람의 페이스북을 살핀다. 인적 사항을 살피고 친구들을 살핀다. 직장도 있고 친구도 꽤 있고 평판도 괜찮고 자기정보도 노출되어 있으면 오케이다. 반면 페이스북을 막 시작했고 친구도 없고 자기정보가 불투명하면 거절당한다. 케빈베이컨의 게임처럼 이 세상은 6단계만 거치면 전 세계 모든 사람과 연결되지 않던가. 물론 페이스북에서는 더 짧아질 것이다. 최근 어떤 연구는 4.75단계면 전 세계인들과 다 연결된다고 한다. '내 친구의 친구의 친구의 친구의 친구'는 이 세상 사람 전부 다인 것이다. 그 말은 거꾸로 내 친구에 의해 나도 지배받고 감시받는다는 뜻이다.

선택도 패러독스다. 얻을 게 많은 사람은 잃을 것도 많아 늘 불만족이다. 슈퍼마켓에서 토스트에 맞는 잼을 사려고 할 때 그 잼의 종류가 너무

142. petit Paris

많으면 무엇을 선택해야 할지 모르듯, 너무 많으면 없는 것과 유사해진다. 과유불급(過猶不及)이라 했던가. 하나를 얻으면 다른 하나를 잃는 것이 인간이다. 인간은 인식 역량이 한정되어 있다. 웃으면서 동시에 공부하는 것은 불가능하다. 공부하고 학습할 때는 진지해야 한다. 흥분될 때는 미각이 돋지 않는다. 맛을 음미하려 해도 차분해져야 한다. 그래서 각성에 익숙해지면 인생이 어려워진다. 각성은 계속 더 강력해야만 각성으로 인식되기 때문이다. 각성은 그래서 규칙적인 것보다는 간헐적이고 불규칙적인 것이 낫다. 차분함으로 관리되는 각성은 인생을 더 여유있고 행복하게 만든다. 차분한 아침 차 한 잔의 기쁨은 바다의 수평선과도 같다. 제트코스터의 상승과 하강이라는 수직적인 감정의 기복이 아닌, 왼쪽을 보든 오른쪽을 보든 변화의 기복보다는 반복의 안정감이 주는 행복감이다. 완전히 똑같지는 않지만 늘 유사해서 친숙한, 반복의 안정감이다. 그래서 하늘 같은 사람보다는 바다 같은 사람이 더 낫다. 지도자도 하늘 같은 지도자보다는 바다 같은 넓은 마음의 지도자가 우리 시대가 원하는 지도자이다. 하늘 같은 지도자는 인간 각성을 이용하여 충성을 얻어내고, 바다 같은 지도자는 인간의 이성과 진솔함을 우러나게 하기 때문이다. 그러나 지금 세상은 하늘이 되려는 지도자가 너무 많아 짜증 나는 세상이다.

***

루브르의 사람들: 7월 14일 혁명기념일에는 루브르를 비롯한 대부분의 박물관이 무료다. 따라서 하루종일 긴 줄이 늘어서기 때문에 여유롭게 관람하고 싶다면 아침 일찍 일어나는 것이 좋다.

petit Paris

petit Paris

## 올드리옹과 크루아루세에서의 다섯째 날, **전통에 대하여**

리옹의 구시가지, 전통의 원조를 보이다.

리옹의 구시가지 올드리옹(Vieux Lyon)에는 특별한 전통들이 살아 있다. 이곳은 유네스코 세계 문화유산에 등재된, 유럽 르네상스의 모습을 잘 확인할 수 있는 광대한 구역이다. 이탈리아의 매력과 정신이 배어 있고, 그림 같은 뜰, 집 사이로 난 길, 미로 같은 골목길을 쉽게 만난다. 1316년 중산층의 자치도시 리옹이 탄생하기 전까지는 대주교가 도시의 지배자였다. 아돌프–막스대로의 모퉁이에 드넓은 생장광장은 생장 대성당의

petit Paris 14

광장이다. 로마 통치 기간인 11세기에 지어진, 대성당 우측면에 이웃한 마네카트리(Manécanterie) - 《시작을 노래하다.》라는 뜻, 성악학교 - 는 외관이 일품이다. 중앙홀에는 꽃 모양 원형장식이 아름드리 새겨져 있다. 건축학도들이 리옹에 오는 이유를 어렴풋이 알 것 같다.

건축물이 얼마나 더 아름다울까를 생각하며 실내로 들어가 봤다. 이 장소는 로마 교회의 만국공의회, 교황의 대관식, 왕들의 결혼과 같은 유명한 행사들을 치렀다. 오래된 유리창들도 인상적이다. 14세기에 만들었다는 천문학 대시계도 있다. 368개의 4엽 원형장식도 있고, 불꽃문양 고딕양식도 리옹에서 꽃 피워진 양식이라고 한다. 다시 나가보니 정말 곳곳이 다양한 문양들 설명뿐이다. 그만큼 리옹이 건축적 지식이 집약된 곳이란 뜻일 게다. 그 분야의 전문지식은 그 분야의 전문어휘를 얼마나 다양하게 많이 알고 있느냐로 판단되듯이, 리옹에서 보고 들은 건축학적 단어들은 그야말로 휘황찬란했다. 건축학도들은 이곳에 오면 머리가 좀 많이 아프겠다. 배워가야 할 게 많으니 말이다. 우리는 모든 설명을 장기기억장치로 가져가지 않았다. 대신 장기기억장치에는 리옹의 아름답고 고운 전통만을 남겨두기로 했다.

　올드리옹 메트로역에서 나오자마자 프락시(Proxi)라는 이름의 작은 편의점을 발견했다. 프락시는 해석하면 가깝다는 뜻인데, 우리나라 편의점이란 말의 '편하다' 라는 말보다 훨씬 더 구체적이다. '편하다' 가 아니라 '가깝다' 는 말은 물리적 거리를 포함하는 뜻이다.

　걸어서 도시를 여행하다 보면 가까이 있다는 것이 얼마나 소중한지를 안다. 정주민들에게는 까르푸 같은 창고형 대형매장에서 싸게 물건을 사는 것이 중요하지만, 여행객들에게는 대형매장에 들릴만한 여유가 없다. 리옹의 붐비는 거리에서 작은 편의점을 찾기란 어렵다. 매트로 근처 골목으로 들어가야 한두 개 있을 정도이다. 가까운 것은 편리하지만, 그 가까운 것을 운영하는 사람들의 수익은 평범한 월급쟁이의 수입에도 미치지 않는다. 대형 창고형 매장과 소형매장과의 경쟁력은 비교 불가능하다. 소매점을 접고 대형 창고형 매장 회사에 취업하는 것이 생계에 더 도움될 것이 당연하다. 그리고 대세는 그렇게 가고 있고, 결국 그 때문에 양극화는 줄어들지 않고 더 심화된다. 정주민들은 같은 값에 더 많은 물건을 사니 편해지고 여행객들은 가게를 찾기 어려워 더 불편해진다. 리옹 거리를 걷다 보면 파리보다도 오히려 소매점을 찾기 더 어렵다. 정주민들을 위한 도시라는 것을 쉽게 알 수 있다. 주민의 순수함 덕에 여행객들에게는 관대한 곳이지만, 불어라는 큰 장애물과 동시에 편의점도 찾기 어려운 곳이다.

　가깝다는 것이 얼마나 중요한 것인가. 접촉은 최고의 가까움이다. 가장 근접한 것이 바로 접촉이다. 내 옆에 있는 사람과 공간이 가장 소중하다. 가족이 그렇고, 친구가 그렇고, 내 주변 공기가 그렇다. 페이스북도 그런 원리를 알아서 세상을 제패했다. 이미 유교에서는 친친(親親) - 친한 사람과 친하라 - 이라 했거늘. 간단한 명제이지만 이런 동양적 명제를 합리적이고 효율적이라는 서구의 한 젊은이 주커버그가 간파해내고 시스템으로 만들어냈다. 도구를 창안해내는 것은 바로 그런 원리다. 생각은 많으나 창안할 때는 결국 선택해야 한다. 이것도 맞고 저것도 맞는다고 생각하는 중용의 덕은 개방적이어서 좋으나 선택의 순간에는 때로 엄청난 방해꾼으로 작용한다. 선택은 이것을 취하고 저것을 버리는 과정이기 때문이다. 도구를 만들어내는 것은 선택을 뜻한다. 무기를 만들 때도 '아주 멀리 가면서도 단단하고 무거운 것'은 없다. 가볍고 부드러우면서도 잘 견디는 재질이 필요하다. 가속도 빠른 차가 연비가 좋을 순 없다. 둘을 모두 만족시키는 차를 만들려고 하면 시간만 오래 걸리고 십중팔구 실패한다. 물론 창의는 모순으로부터 나오지만, 무언가를 만들어내는 창조는 선택으로부터 나온다. 그래서 무언가를 버리는 용기가 필요할 때 창의성은 구현된다.

누구는 파리의 도시계획은 노동자의 봉기를 막기 위해서이며, 대규모 시위가 불가능하게 이루어졌다고 이야기한다. 실제로 파리는 자동차가 다니는 길에 중앙분리대가 있고, 도로가 계획적으로 구획되어 있다. 하지만 리옹의 구시가지인 올드리옹과 크루아루세에는 골목들이 구석구석 복잡하게 얽혀 있다. 이런 골목길들은 트라불(Traboule)이라 불리는데, 이는 리옹에서만 쓰이는 단어이다. '지나가다'는 뜻을 지닌 이 단어는 'trans-ambulare'에서 온 것으로 추측된다. 한마디로 이 길에서 저 길로, 또는 건물에서 안마당으로, 그리고 입구로 왔다 갈 수 있는 보행자의 길이라고 정의할 수 있다. 현재 리옹 전역에는 300개가 넘는 트라불이 도시 곳곳에 숨어 있다. 그 작은 골목골목과 뒷마당은 레지스탕스의 거점이 되어 게슈타포를 따돌리고, 독일군을 공격하는 중요한 장소가 되었다. 도시계획은 사람들을 통제하기 위해 기획될 수 있지만, 인간은 그런 환경 속에서도 틈을 찾아 새로운 역할을 부여해온 것이다.

올드리옹 생니콜라 거리에 접어들면 피에르-시즈강변으로 이어지는 운치 있는 좁은 중세의 골목길이 나온다. 독뙤르-오그로 거리가 나올 때까지 오른쪽으로 몇 미터를 더 가면, 샹즈 동네가 보이고, 생폴 광장을 가로질러 래느리 거리 방향으로 가면 건물들의 뜰이 달팽이 모양의

멋스러운 계단으로 구성되어 있다. 중심핵이 없는 이 계단은 16세기 중반에 건축되었고 무게감을 벗어나도록 감각적으로 만들어진 것으로 유명하다.

올드리옹 메트로 역에서 메인거리인 생장거리를 따라 쭉 걷다 보면 크루아도르(Croix d'Or)라 불렀던 옛 여인숙 건물이 있다. 한동안 변호사의 집으로 쓰인 이곳은 현재 미니어처 박물관으로 새로 단장하여 관광객들을 끌어들이고 있다. 특히 이 건물의 발코니는 르네상스 양식을 따르고 있는 것으로 유명하다. 미니어처 박물관 안에는 5개의 층에 걸쳐서 미니어처들과 영화 소품들이 가득 차있다. 당신은 이것이 미니어처인지 실제인지 분간할 수 있는가? 사실 카메라나 영상으로는 미니어처와 실제를 구분하기 어렵다. 그래서 영화에서 실제로 구현하기 어려운 것들은 모두 미니어처를 이용한다. 이제는 특수영상 그래픽이 있지만, 여전히 미니어처만큼 깊이가 있지는 않다. 미니어처는 작지만 진짜 존재하는 것이기 때문이다. 그래서 미니어처는 가장 사실적이면서 동시에 가장 환상적인 기술이다.

***

미니어처박물관: 리옹시티카드를 구입하면 미니어처 박물관을 비롯한 리옹 대부분의 박물관에 무료입장이 가능하다. 1일권부터 3일권까지 다양하게 갖춰져 있으니, 박물관에 관심 있는 관광객이라면 사는 게 좋을 것 같다. 리옹에는 작지만 내실 있는 박물관이 많다. 단, 박물관 안내원들 중에 영어를 못하는 사람들이 많다. 작다 보니 영어구사가 가능한 인력충원에 문제가 좀 있는 것 같다. 영어로 된 설명서를 열심히 보면서 다니면 되니 별문제는 없다.

petit Paris

petit Paris

도시는 그 역사가 말한다. 어찌 이런 아름다운 도시를 가질 수 있을까. 일관성 있으면서도 그 안에서 아름다운 변화가 있어 예측 가능하고 그래서 아름다운 도시를 만들어낸 비결은 무얼까. 그건 도시를 계획할 수 있는 능력과 그것을 실행에 옮길 수 있는 능력이다. 이거야 어디든 계획하니 그렇게 할 수 있는 것 아닌가 생각할지도 모르지만, 계획이 있기도 어렵고 그 계획이 실행되기도 어렵다. 그러나 파리와 리옹의 도시는 그 두 가지를 다 실현했다. 리옹은 16세기에, 파리는 19세기에 나폴레옹 3세의 명을 받은 오스망 남작에 의해서 도시는 계획되고 건축되었다. 그전에도 물론 도시는 있었다. 무질서하고 무계획적으로 도시는 존재했다. 그렇게 본다면 질서 있고 계획적으로 그러면서도 미적인 내용으로 꽉 찬 도시를 만드는 것은 너무 어렵다. 그건 최첨단의 서울에서부터, 이제 막 도시를 건설하는 울란바토르까지 그 도시의 모습을 보면 그게 얼마나 어려운 일인지 잘 알 수 있다.

파리나 리옹은 그런 도시를 계획하고 실행한 사람들을 역사적 영웅으로 숭배한다. 《가다뉴(Gadagne)같은 부자 되기》라는 속담에 리옹 사람들의 그런 특성을 엿볼 수 있다. 리옹에서 이제 유명한 피렌체의 은행거리가 형성되고 이 거리에서 열리는 화려한 축제의 순간을 상상해보자. 가다뉴의 집안은, 특히 프랑수아 1세의 주도로 서방인도를 향해 여행했던 재력가 집안이었고, 이제 그들 집은 리옹 역사박물관(가다뉴 박물관)과 마리오네트 국립박물관으로 모습을 바꿨다.

전쟁에서 승리한 사람을 영웅으로 받들기는 하지만, 그를 위해 박물 관을 만들지는 않는다. 리옹의 가다뉴 박물관은 전쟁영웅이 아니라 도 시계획자의 것이었다. 특히 올드리옹 중심의 가다뉴 박물관을 보면 이 들이 리옹의 도시가 어떻게 형성되었고 어떻게 스케치 되었으며 어떻게 실행되었는지 그 내용이 그대로 담겨 있다. 계획에서 실행으로 가는 그 모습이 소중해서 대대손손 보존하는 것이다. 그냥 생각나는 대로 실행 하는 것이 아니고 계획대로 현실화시키는 것. 그건 일관성 있게 어떤 일 이 이루어진다는 것이다. 아름다운 도시의 탄생과 성장은 그런 것이다. 그건 정치와 경제와 문화가 서로 조화롭게 어우러진 결과물이며 무엇보 다도 먹을 것만을 찾는 천박한 문화가 아닌 문화에 대한 존중에 기반을 두고 있다는 것이다. 먹을 것이라면 다 용서가 되는 것이 아니라, 예절 과 격식에 따라 행동하며 때때로 먹을 것을 놓치더라도 정신적 전통을 지키려는 노력에서 문화는 자라난다.

\*\*\*

가다뉴박물관: 가다뉴박물관은 리옹에서는 거의 유일하게 영어로 된 안내 자료와 가이드 투어가 잘 이루어지고 있는 박물관이다. 프랑스어를 모르더라도 전시실마다 한구석에 배치된 설명 자료 를 잘 활용하면 흥미롭게 관람할 수 있다. 매일 예약을 통해 운영되는 가이드 투어도 인기가 많으 며, 가이드도 영어를 수준급으로 구사한다. 이 박물관 꼭대기의 옥탑층 카페도 멋지다. 박물관을

들른 후 커피는 마시지 않더라도 반드시 둘러보면 좋다. 실내와 실외 그리고 옥상과 문이 어떻게 저렇게 예쁘고 우아하게 연결될 수 있을까에 감탄이 절로 난다.

경제발전의 근간은 인간의 시기심이었다.

일차 산업혁명의 도가니 속에서, 19세기 초 크루아루세의 언덕길에는 실크 제조 공장들이 생겨나기 시작했다. 견직물 직공인 까뉘들도 이곳에 자리 잡기 시작했다. 먼 옛날부터 농사를 지었던 이 언덕에 까뉘들도 정착하면서《노동의 언덕》이라 불렸다. 이 언덕은 초기자본주의 시기 직공들의 반란으로 아주 유명하다. 그 치열했던 저항의 사실만을 봐도 리옹 사람들의 반골기질에 대한 느낌이 남다르다. 물론 지금이야 크루아루세의 고지대 마을은 오랜 시간 동안 변화를 주저해 온 조용한 중산층을 대변하고 있지만 말이다. 독창적이고 색다른 느낌의 '노동의 언덕'은 여기저기 길이 미로처럼 뻗어 있어 호기심 많은 보행자에겐 일상을 벗어난 탐험놀이 같다.

사실 직물은 근대의 시작이었다. 마르크스는 증기기관이 산업혁명과 자본주의의 핵심이라고 했으나, 민주주의의 시작은 책과 직물에 있었다. 책과 직물은 개인의 표상이었기 때문이다. 책을 통해 스스로가 독립적이고 이성적 사고를 지닐 수 있었고, 직물을 통해 개인적인 아름다움을 추구할 수 있었기 때문이다. 리옹은 인쇄와 직물이 모두 유럽에서 가장 앞선 도시였다. 인쇄박물관도 리옹에 있고, 직물박물관도 리옹에 있다. 리옹은 16세기 후반 파리에 이어 활자본을 출현시킨 도시였고, 출판 분야에 있어 파리라는 '대도시'와 자웅을 겨루게 된다. 그러나 리옹은 파리의 그것과는 달랐다. 리옹은 당시 화제 책들을 주로 펴냈다. 온갖 풍부한 언어 표현을 구사한 대작 『가르강튀아와 팡타그뤼엘』도 리옹에서 출판되었는데, 작품이 외설스럽고 반종교적이라는 이유로 저자인 라블레는 신학자들로부터 고발을 당했다. 축제도 파업과 폭동으로 곧잘 이어졌다. 언제나 리옹은 터질 듯한 에너지로 가득 찬 도시였다. 여기에 흑사병의 창궐로 프랑스는 전염병 앞에서 무기력해졌고, 가톨릭에 맞서 프로테스탄트와 충돌한 종교전쟁이 일어났다. 그럼에도 불구하고 강력한 왕권에서 멀리 떨어진 리옹은 자유롭게 출판 활동을 펼치며 그리스도교 개혁파의 선전문서 생산기지가 되었다. 창의성은 주류와 비주류의 경계선에 존재한다고 했는데, 리옹은 늘 프랑스 주류문화의 경계선이었고 반란과 반골이 뒤섞이는 공간이었다.

인구 47만 도시의 작은 거리에서 만난 리옹 직물 박물관은 실크부터 의복, 카펫까지 직물로 만들어진 다양한 소품들이 전시되어 있었다. 그중 눈에 들어온 것은 꽃과 식물과 같은 자연의 문양이었다. 대개 문양은 친족이나 부족의 상징을 나타내고 규칙적 무늬로 표현된다. 친족이나 집단의 결속에 문양은 없어서는 안 되는 상징적 기호이다. 흔히 볼 수

petit mots 163

있는 스코틀랜드 전통의상 퀼트도 가문에 따라 그 문양이 다르다. 스코틀랜드인들은 결혼할 때면 자기 성씨에 맞는 퀼트의 문양을 골라 입는다고 한다. 그리고 대개 문양의 토대는 동물에 바탕을 둔, 야생의 상징이었다. 그것은 전쟁과 싸움을 상징하는 문양이었다. 반면 자연의 문양은 다르다. 꽃과 식물은 주변에서 흔히 볼 수 있고 그 아름다움에 바로 탄복할 수 있다. 다른 민족과의 싸움을 위한 결속의 이데올로기가 없다. 있는 그대로 사물의 즉시적인 아름다움을 느낄 수 있는 대상이 꽃과 식물이다. 19세기 리옹에서 직물노동자의 노동운동이 활발했던 것은 실크 산업의 성장과 몰락의 원인도 있겠지만, 다른 한편으로 실크로 개인적 아름다움을 뽐내려 했던 리옹의 문화에 의해 실크의 수요가 높아지고 이에 산업이 성장했던 것은 아니었을까. 자본주의는 금욕에 의해서, 예정설에 의해서만 발달한 것이 아닌, 남보다 더 잘 보이려는 인간의 시기심에도 분명 그 근거를 둔다.

\*\*\*

직물박물관: 벨크루 광장 근처에 위치한 직물박물관에서는 리옹산 실크뿐만 아니라 동양과 서양의 직물 역사를 살펴볼 수 있다. 매번 진행되는 특별전시는 중세시대 의상, 실크 역사 등 다양한 주제로 진행되고 있다. 바로 옆에는 장식미술박물관이 있는데, 이곳에는 그림, 도자기, 가구 등 르네상스 시대부터 19세기까지 사용되었던 장식품들이 전시되어 있다. 박물관 입구는 여느 보통 집의 입구와 크게 다르지 않다. 그래서 그냥 지나칠 수도 있는데, 들어가서 보면 그 수집의 질과 양이 탁월하다. 리옹에서는 첫인상으로 박물관을 평가하지 않는 것이 좋다.

옷으로 남보다 더 잘 보이려는 것은 왜 실크가 발달했는지를 잘 말해준다. 실크는 최고의 패션소재였고 그래서 리옹은 실크산업의 발달로 최고의 부자도시이자, 최고의 파업도시가 되었다. 부인들의 헐렁한 옷부터 딱 붙는 타이츠까지 피부에 느낌이 좋은 실크는 아름다움을 표현하는 스타일의 표현에 더없이 좋았다. 예술분야에서는 무용수들에게도 예외가 아니었다. 무용수들은 몸에 딱 붙는 옷을 입어야 했기 때문에 착용감이 뛰어난 실크가 최고의 소재였다. 뚜르니에 의하면, 20세기 초 프랑스 무용계에는 다음과 같은 이야기가 돌아다녔다고 한다. 어떤 프랑스 발레단이 생트 페테르스부르크 오페라좌에서 공연을 하게 되어 있었다. 그때 무용단단장은 오페라좌의 여성 책임자로부터 '점잖은 황실에서 남자 무용수들이 몸에 꼭 끼는 타이츠 때문에 너무나 눈에 드러나게 돌출한 남성특징을 가리도록 짧은 치마를 걸치라'라고 요구한다는 말을 들었다. 그러자 프랑스 쪽 단장이 "아니. 부인. 이건 우리 남자들의 젖가슴이라고 할 수 있는 부분인데요."라며 항변했다고 한다. 무용은 아주 정확한 몸의 기하학에 의존한다. 다 드러나는 타이츠가 아니면 안 되고, 타이츠의 옷감은 사람 몸과 가장 잘 맞는 누에고치 실크가 좋다. 누에고치 실크가 남자들의 '젖가슴'에 좋다는 말은 당연히 여자들의 '젖가슴'에도 좋다. 마르크스는 자본주의를 발생시킨 것은 증기기술

이라고 했지만 나는 실크기술이었다고 생각한다. 오래도록 살아남는 자
본주의를 보면 증기적이기 보다는 실크적이기 때문이다.

petit Paris 169

리옹의 미국지구와 초현실 벽화들.

건조 환경(built environment)은 근대성과 자본주의의 결과물이지만, 인간의 세밀한 행동과 사고들은 그 속에 침투하여 건조 환경의 의도조차도 바꿀 수 있다. 파리의 떨어지고 낙후된 건물 벽들은 나에게 예술로 승화되었고, 리옹 미국지구의 벽화들은 초현실로 다가왔다. 리옹 벽화는 멀리서 보기엔 정말 현실적이고 사실적인 그림이지만, 그것이 바로 그 건물에 있다는 사실 때문에 나에게는 초현실이었다.

petit Paris 171

뒤샹의 변기는 전시장에 놓이면 〈샘(fountain)〉으로 돌변한다. 이렇게 가장 사실적이고 현실적인 변기가 맥락이 바뀌자 초현실로 돌변하듯이, 벽화에 가까이 다가가며 그것이 진짜로 가짜임을 알았을 때 그것은 건물의 벽면을 대체하는, 현실을 대체하는 벽이 아닌, 초현실로 돌변했다. 그 그림이 전시장에 있었다면 그냥 사실주의 그림이었겠지만, 그것이 건물의 진짜 벽에 그려진 순간, 그건 현실을 뛰어넘은 벽이 되었다. 기뇰인형을 들고 가는 벽화의 사람들은 이곳이 기뇰의 리옹임을 강변하지만, 그건 결코 현실이 아니었다. 바로 앞에서 그걸 본 누구에게도 그건 현실이 아닌 초현실이었다. 그림들은 아주 사실적인 표현들이었으나 그것이 벽에 그려지는 순간 초현실로 돌변하고 말았다. 그 벽에 섰을 때 벽화들이 현실로 다가왔고 그 순간 진짜 벽화 바깥의 현실들은 가짜들로 바뀌고 말았으니.

\*\*\*

리옹벽화: 리옹은 시의 지원 아래 벽화를 문화자원으로 발전시키고 있다. 그 시작은 1600년대에 건축가이자 예술가였던 토마스 블랑셰로 추정되며, 유명작가들부터 무명 예술가들까지 많은 이들이 이에 동참해왔다. 그중에서도 특히 벽화를 지역재생에 활용하고 있는 곳이 미국지구로, 토니 가르니에 야외 박물관을 중심으로 약 30개의 벽화가 주변에 밀집되어 있다. 이곳 미국지구의 벽화는 하나하나가 아이디어와 예술성, 그리고 장난기가 넘친다. 대략 비슷한 우리 동네의 벽화와는 질적으로 다르다. 벽화는 벽에 그리는 그림이어야지 벽에 떡칠하는 그림이어서는 안된다.

리옹의 미국지구 아파트 벽화 숲을 거닐다 놀이터에서 싸우고 있는 아이들을 발견했다. 벽화로 예술적인 풍미가 느껴지는 동네라 해도 아이들의 투정과 질시는 어쩔 수 없나 보다. 초등학교 고학년 정도 보이는 아이들이 두꺼운 종이를 말아 치고받고 싸우고 키 작은 한 명이 일방적으로 맞으며 엉엉 울고 있다. 당연히 교육자 직분으로 끼어들어야 한다는 책임감은 들었지만 프랑스어도 안 되고 함부로 이 나라 문화도 모르고 해서 들고 있던 카메라를 들이댔다. 찰칵. 그 소리를 듣는 순간 일방적으로 폭력을 휘두르던 그 아이가 생긋 웃으며 돌연 태도를 돌변한다. 자기의 악행이 기록에 남는 것이 싫은 것인지 아니면 여행객에게 자신이 배우로 비치고 싶었던 것인지 모르겠지만 어쨌든 바로 싸움을 멈췄다. 요즘 부부 싸움은 칼로 물 베기가 아니란다. 자칫 칼부림까지 간다. 그렇지만 아이들 싸움은 정말 칼로 물 베기다. 너무 심각하게 받아들이기보다는 자기가 타인에게 어떻게 비칠지 그 사회적 모습을 대상화시킬 수 있다면 쉽게 끝난다. 세상 폭력의 악취는 그렇게 이미지로, 영상으로 쉽게 탈취된다. 그래서 소외된 아이들에게, 억압된 아이들에게, 이미지와 영상은 나를 대상화시켜 낯설게 만든다. 사람들 속에서 내가 어떻게 비춰야 하는지 그리고 내가 어떻게 살아야 하는지 생각하게 한다. 여행에서 내가 어디에 있는지 알아야 내가 갈 방향을 알 수 있듯이. 그래서

petit Paris_175

이미지와 영상은 내 삶에서 여행객의 지도와 같은 역할을 수행한다. 현 위치의 확인은 의미 있는 여행의 시작점이고 현존재의 확인은 의미 있는 삶의 시작점이다.

어린아이들은 도시 풍경에서 발견되는 부산물, 버려진 대상에 몰두한다. 버린 물건들 속에서 어린아이는 직접적이고 오로지 그들을 향한 사물만을 인식한다. 어린아이는 어른의 노동을 모방하지 않는다. 어린아이는 놀이가 만들어 낸 새로운 인공물로 전혀 다른 새롭고 직관적인 조합을 만든다. 아이들은 그런 식으로 보다 큰 세상 속에서 그들만의 작은 세상을 만든다. 아이들은 거리에서 놀이터에서 발견한 파편들을 수집하고 모아 새로운 구도 속에서 재조립한다. 아이들 놀이는 결국 넝마주이 수집가의 행동과 비슷하다. 도시의 궁핍과 가난의 표상인 넝마주이는 파편들을 줍고 재활용함으로써 생계를 꾸린다. 넝마주이처럼 아이들은 낡은 것들의 유물을 소멸로부터 구해 낸다. 아이들의 놀이는 넝마주이라는 최하층의 비참한 삶 같은 것으로부터도 새로운 것을 만들고 행복해 할 수 있는 이 세상 최고의 종교이다.

공사 중인 건물도 작품이 되다.

점심을 먹기 위해 찾은 리옹 중심가 벨쿠르광장의 맥도날드. 외벽 공사 중인데도 영업을 하고 있다는 현수막이 크게 걸려 있다. 주문을 하고 자리를 찾는데 매장 안보다 바깥에 더 사람이 많은 것이 눈에 띈다. 주변에서 무슨 행사라도 있는 걸까. 그렇게 우리도 공사판 바로 아래 야외좌석을 차지하니, 그 풍경 자체가 뭔가 생소하면서도 예술작품 같다. 그러다 문득 어떻게 사람들이 공사판 비계 아래에서 저렇게 햄버거를 자연스럽게 먹는 건지 의문이 든다. 마치 그곳에 앉은 사람들이 '예술은 퐁피두센터에만 있는 게 아니지. 맥도널드도 퐁피두 같을 수 있는 거지. 진짜 공사판을 작품이라 생각하면 되잖아?'라고 말하는 듯하다. 우리같으면 모두 실내로 들어가거나 아니면 공사 중인데도 장사를 한다고 돈밖에 모르는 수전노쯤으로 치부했을지도 모르겠다. 그러나 이곳 리옹의 맥도날드는 다르다. 다른 가게보다 일찍 문 열고 늦게 문 닫는다. 주말에 모든 가게가 문을 닫아도 맥도날드만큼은 건재하다. '맥도널드, 맥도널드화'라고 자본주의의 탐욕성을 비난하지만, 그런 맥도널드는 일 때문에 저녁을 놓치고, 주말에 변변히 먹을 식당도 없는 리옹에서 저렴하게 거뜬히 한 끼 정도는 해결할 수 있는 곳이다. 그런 맥도널드이기에 공사 중이어도 열심히 장사하는 것이 이해가 되고 고맙기까지 하다. 그러나 이해하기 어려운 일은 그런 공사판 바깥에서 아무 일 없는 듯 햄버거를 먹으며 햇살을 즐기는 손님들이다. 한국 사람에게는 적어도 그게 대단하게 보인다. 그건 자본의 힘보다는 바로 예술의 힘이고 문화의 힘이다. 예술과 문화의 힘은 다름을 받아들이는 관용이다. 나에게 직접적

petit Paris

인 피해만 없다면 공사 중이라고 화낼 필요도 짜증부릴 이유도 없다. 공사판 비계들도 다르게 보면 뒤샹의 샘과 같은 작품이지 않은가. 화장실 변기보다 못할 게 없고 퐁피두센터의 비계보다 뒤떨어질 이유가 없다. 그런 문화로부터의 관용은 화를 물러내지 않으며, 화(anger)가 없으면 화(disaster)도 없다.

테로광장에 펼쳐진 한여름 밤의 꿈.

주말 리옹 테로광장에서 한 편의 오페라가 펼쳐졌다. 오페라극장은 100여 미터 떨어진 건물이건만, 그 근처 광장에 대형스크린과 빵빵한 음향시설을 설치하고 밤 11시까지 오페라를 상연한다. 그리고 그 광장의 사람들은 술꾼과 군중에서 관객으로 돌변한다. 그것도 의자에 앉아 한마디 말도 못하는 실내의 오페라가 아니라, 지인들과 맥주잔을 기울이며 수다와 더불어 오페라를 감상한다. 어떻게 이런 광경이 가능할까. 오페라는 실시간으로 극장 내에서 상연되고 있고, 그 안에는 값비싼 티켓과 의상을 차려입고 온 관객들이 있다. 그리고 테로광장에서는 무료로 광장의 야간조명과 화려한 고건축물 사이에서 오페라를 즐기는 관객들이 있다. 오페라는 왜 오페라하우스에서, 제대로 된 의상을 입고 구경해야만 하는 걸까? 고급예술이니까? 그럼 광장의 오페라는 영상이니까 가짜인가? 실제 오페라하우스에서 오페라를 볼 때는 무대 위의 배우가 너무 작게 보인다. 중간 자리를 벗어나면 얼굴의 표정도 잘 느낄 수 없다. SS석 정도 되어야 출연자의 표정을 보며 앉아 있을 수 있다. 그리고 멀리 앉는 사람들은 망원경을 이용한다. 오페라용 망원경도 결국 스크린과 같다. 매개체이기 때문이다. 오페라는 노래, 연극, 무용, 무대의 결합이다. 노래도 연극도 무용도 무대도 고급스러움과는 아무런 관련이 없다. 오페라를 고급예술로 취급하려는 것은 지위 있는 분들의 의도이지 오페라 연출자들의 의도는 아니다. 오페라는 멋지며 하나의 공연 안에서 모든 장르를 즐길 수 있는 강력한 문화 장르이다. 어느 정도는 대중화되어야 특정 장르가 지속된다. 대중들은 오페라의 분위기를 대중적으로 느낄 수 있는 매체를 필요로 한다. 주말 저녁 테로광장에서는 오페라가 대중에게 다가가고 있었다. 우리도 곧 어느 광장에서 대형스크린으로 쏴진 예술의 전당 오페라를 맛볼 수 있기를 기대한다. 예술의 전당에서 공연되고 있는 모차르트의 마술피리가 실시간으로 양재 시민의 숲 광장에서, 한강광장에서, 부산 해운대 광장에서 야외 펍의 스크린과 공존하는 모습을 보고 싶다.

\*\*\*

리옹 오페라극장: 리옹 오페라 하우스는 유명 건축가 장 누베르의 작품으로, 유리 돔이 인상적인 건물이다. 1층에는 라이브공연을 보며 수다를 떨 수 있는 카페가 있고, 7층에는 오페라박물관(les muses de l'opera) 이라는 이름의 레스토랑이 있다. 이곳에서 오페라는 절대 근엄한 장르가 아니다. 그냥 대중들과 호흡하는 예술일 뿐이다.

외국인들이 한국에 관광하면서 **빼놓지** 않고 들르는 곳 중의 하나가 비무장지대다. 예전에는 생각지도 못했던 관광이었는데 어째서 이런 비무장지대가 관광명소가 되었을까. 지금 유럽에서는 그냥 도시를 구경하는 관광이 아니라 괴테관광, 셰익스피어관광이 유행이라고 한다. 책에서만 존재하던 괴테와 셰익스피어가 어떻게 관광 테마가 되었을까. 사실 센 강변 퐁네프다리를 모두 한번 가서 직접 보면 나오는 말이 있다. "어 별거 아니네?" 나도 직접 보니 그랬다. 그런데도 왜 많은 사람들이 끊임없이 그 장소를 찾아가는 것일까.

사람들은 비무장지대의 산과 조선왕조의 무덤을 보는 것이 아니라 '이야기'를 듣는다. 내가 들은 이야기를 직접 체험하기 위해 길을 떠난다. 우리나라에 오는 관광객들도 이제 한국의 경제성장과 멋진 풍광이 아니고 한류 때문이다. 인류의 여가는 이렇게 바뀌었다. 그냥 보고 지나가는 것이 아니라, 그 속에 담긴 이야기를 보며 세상을 읽는 것이다. 이제 여가는 엄청난 하드웨어가 아니라 '자그마한 이야기'이고, 그 이야기들을 체험하는 시대다. 이야기와 학습과 체험이 결합된 여가. 그것은 두말할 나위 없이 여가를 더 풍성하게 만들고 있다. 볼거리는 물리적으로 제약되어 있지만 이야기는 무한하기 때문이다. 그것은 많은 것을 보기 위해 우리 몸을 지치고 피곤하게 만드는 여가보다 훨씬 더 정겹고 느긋하다.

그렇다면 원래 이야기를 창조하고 유포시키는 분야가 어딜까. 근대적으로 보자면 영화가 단연 지배해왔다. 1895년 뤼미에르형제가 영화를 만든 이후 100년이 훌쩍 넘어버렸다. 영화는 그 영상을 통해 인간의 삶과 상상, 그리고 희망과 절망, 불안 등 모든 감정을 이야기로 엮어왔다. 가히 영상미학에 있어 그 전통과 위상은 누구도 부정할 수 없는 진정한 팝아트인 것이다. 그런 면에서 애니메이션도 영화의 일부분에 속한다고 말할 수 있다. 실사의 한계를 뛰어넘어 그림을 통해 좀 더 상상력이 풍부한 장면들을 만들어내려는 시도들이 애니메이션이었기 때문이다.

## 문화재는 팝아트로 기능한가.

우리나라 문화재는 영화처럼 팝아트와 결합하여 모든 사람이 열광적으로 찾는 그 무엇이 될 수 없을까? 여기서 창의성을 다시 고민해보자. 창의성이란 무엇인가. 가장 흔히 쓰이는 뜻이 아마 '완전히 새로운 그 무엇'이란 것을 기본적인 전제로 깔고 있는 것이 아닐까 싶다. 기존의 고정관념을 뒤집는 새로운 것. 정말 우리에게 절실히 필요한 것이다. 그러나 하늘 아래 완전히 새로운 것이 있을까? 이미 창의성이란 완전히 새로운 것이 아닌, 기존에 존재하는 다른 그 무엇을 결합하는 과정이다. 다빈치의 창의성도, 아인슈타인의 창의성도 완전히 새로운 것이 아닌 존재하는 다양한 것들의 다양한 조합으로부터 이루어진 것임이 창의성 연구를 통해 밝혀졌다. 창의성 연구의 대가인 하워드 가드너도 창의성 은 '파우스트적 거래'에 기초하면서 동시에 기존 것의 새로운 결합을 전제로 하고 있다.

워크맨은 음질이나 기능면에서 기존의 오디오와는 상대가 되지 않을 정도로 열악했다. 기능의 면에서 비교하자면 상대가 되지 않는다. 그러 나 워크맨의 편의성에 주목한 사람에게는 그런 음악의 음질은 별로 중 요한 것이 아니었다. 워크맨은 단순한 기능과 낮은 음질의 결합에도 불 구하고 편의성이란 측면에서 대성공을 거둔 것이다. 기존에 오디오를 많이 소비하지 않던 고객들이 워크맨을 사서 음악을 듣기 시작한 것이 다. 이동하면서 음악을 듣기엔 이만한 것이 없었다. MP3도 마찬가지이 다. 많은 이들이 MP3는 음질의 열악함으로 음악애호가들에게 외면받 을 것이고 그래서 음악시장의 주력으로 떠오르지 못할 것이라고 했다. 그러나 지금 오히려 대부분의 사람들은 MP3의 휴대성과 호환성에 주 목하여 음질과 고기능을 희생하고서 이용하고 있다. 오히려 음악의 새 로운 시장을 형성하고 있는 것이다. 그리고 결국에는 기존의 지배적 시 장이었던 CD 음반시장을 대체할 것이다. 주변적인 시장을 형성할 것이라는 예상은 결국 빗나가고 주력시장을 해체하기 시작하는 것이다. 이는 교육산업, 항공산업 등 다른 모든 산업에도 적용된다. 대학의 등록금이 점점 비싸져서 사람들이 감당할 수 없는 지경이 되고 그 이유로 고품질의 교육서비스를 제공하겠다는 사립대학들의 압박이 늘면 늘수록 그 반대로 초과 만족하는 고객들도 동시에 생겨난다. 낮은 가격을 지불하고 자신이 필요한 것만을 얻어내겠다는 것이다. 물론 명문대학의 브랜드와 졸업장이 여전히 위세를 과시하고 있지만 말이다.

이러한 주장을 문화재활용에 대응해보면 어떨까? 문화재는 그동안 문화재에 관심 있는 사람들의 전유물이었다. 문화재 전문가와 문화재관련 인사들은 문화재의 보존과 복원 그리고 문화재의 가치를 높이기 위한 다양한 활동들을 전개해왔다. 그러나 그것은 문화재에 늘 관심이 많은 전문가와 준전문가그룹들에 의해 이루어진 것들이다. 그래서 문화재 안내판은 어려운 내용도 쓰어 있고 명확한 고증을 위하여 많은 비용이 집행되고 있다. 이것은 문화재 원래의 목적을 지니기 위해 중요하다. 이것이 사실 경쟁에서 살아남아야 하는 기업의 생리와는 다른 부분이기도 하다. 그러나 과연 다른 시각은 없는 것일까.

문화재가 우리에게 필요하고 일상생활 가운데서도 문화재의 가치를 알기는 하지만 문화재에 대한 공부를 통해 문화재의 식견을 높여가야 한다는 생각을 하는 사람은 오히려 그렇게 많지 않다. 문제는 바로 여기서 발생한다. 문화재라고 하면 기존의 전문가들은 이렇게 늘어나는 문화재 관심 인구 층들을 어떻게 해서든지 문화재에 열광하는 층으로 만들어가야 한다는 고정관념이 생겨나는 것이다. 이른바 인간의 욕구는 무한하기 때문에 거기에 맞춰주어야 하며 그래야 인간의 행복도 늘어난다고 생각하는 것이다. 그러나 이것은 모든 고객이 '불만족고객(undershot customer)'이라는 전제하에서 생기는 것이다. 문화재에 관심은 있으나 고급지식에는 관심이 없고 옛것에 대한 경외심은 있으나 문화재를 즐기고 싶은 감정이 더 많은 일반 사람들에게 문화재란 여전히 전문가의 문화재와 같은 가치일까. 문화재에 초과 만족하는 고객(overshot customer)에게는 왜 관심을 기울이지 않는가.

초과만족고객에게 관심을 기울이기 시작한다면 이제 다른 기획들이 생겨난다. 문화재는 문화재만의 고귀성을 상실하면 안 된다는 것으로부터 문화재에 대해서는 문화재의 외형과 그 경외심만을 가지고 있고 더 이상은 문화재에 대해 알고 싶어 하지 않는 고객층이 있다고 한다면 그들을 위해서, 예컨대 중소기업상품과 문화재의 전시회를 연계할 수 있다. 문화재와 중소기업상품은 얼핏 보기에 서로 잘 어울리지 않는 것이지만 문화재에 대한 막연한 경외심을 갖고 있는 사람이 관련 중소기업 상품을 함께 본다는 것은 아주 좋은 기회이다. 문화재가 팩션에 활용되어 역사적 진실을 제대로 반영하지 못하는 것이 문화재 전문가들에겐 정말 안타까운 일이지만 문화재의 초과만족고객들인 일반인들에게는 문화재가 가진 경외심에 픽션이 합쳐져서 오히려 문화재를 직접 체험하게 하는 동인이 되고 있는 것이다.

팝아트는 거리의 예술가들이 쉽게 만들어낸 패러디 같지만 문화재가 가지고 있는 권위를 한번 틀어보고 싶어 하는 대중들에겐 문화재의 또 다른 면모를 보여주는 것이기도 하다. 이들 패러디를 즐기는 사람들은 대부분 문화재 원래의 성격을 모르거나 그것에 관심이 없는 초과만족고객이거나 비소비자들이다. 그런데 갑자기 자신들이 잘 모르는 쇠라나 비르종파의 그림들이 패러디 된다면 웃음을 먼저 짓겠지만 자연히 그 문화재에 대한 호기심도 동시에 생기는 것이다. 문화재가 팝아트의 소재로 떠오르면 점점 더 인기 있어질 것을 쉽게 예상할 수 있다. 혹시 누가 알겠는가? 5년 후 10년 후 "문화재를 어떻게 알게 되었는가?" 했을 때 게임아이템 패러디 광고에서 가장 먼저 접했고 그때부터 문화재가 재미있어져 문화재에 관심이 생기게 되었다는 사람이 가장 높은 비율로 문화재 의견조사에 나타날지도 모를 일이다. 문화재는 결국 팝아트와 만나면 대박 날 수밖에 없는, 우리의 소중한 정신적 자산일 뿐만 아니라 소중한 산업적 자산일지도 모른다.

petit Paris

빛과 밤은 반대이지만, 빛은 밤에 더욱 빛난다. 조명의 도시, 파사드의 도시 리옹에서는 적어도 그렇다. 리옹 뤼미에르 축제는 12월에 펼쳐진다. 추운 겨울, 똑같은 것의 반복을 통해 도시의 다른 파사드를 과시한다. 같은 인물이지만, 스타들은 영화나 드라마에 따라 배역이 늘 달라진다. 같은 인물이 같은 배역을 계속 맡게 되면 대중들은 자연스레 지겨움을 느낀다. 그래서 계속된 반복은 스타의 본모습과 본질을 보여주고 환상을 깨트린다. 다중인격자처럼 늘 변화하는 배역을 잘 소화해야 스타의 명맥도 유지된다. 그러나 그 변화는 적정해야 한다. 인간은 변화와 성장에 찬사를 보내지만 다른 한편으로 그 변화와 성장이 과거의 것과 단절된 채 비약한다면 그 찬사는 놀람으로 변한다. 인간은 작은 놀라움에는 긍정적이지만, 큰 놀라움에는 부정적이다. 적정한 일관성 안에서 다양한 변화를 보여줘야 대중들은 환호한다. 이른바 타입캐스팅(typecasting), 타이피지(typage)이다. 청춘스타는 항상 청춘 미남으로, 악역은 언제나 나쁜 인물로 배역 될 때 대중들에게 더 다가서기 쉽다.

뤼미에르 축제는 익숙한 건물에 작은 놀라움이 더해지는 축제이다. 그런 변하지 않는 후기고딕양식의 건물 위에 펼쳐지는 작은 놀라움이 사람들을 매료시킨다. 거기에 조명이라는 새로운 배역을 통한 적정한 변화로 밤의 전시를 연다. 리옹의 고건물 파사드를 스타로 만드는 메커니즘은 그런 것이다.

뤼미에르 형제의 가족은 집안 대대로 사업을 하고 있었고 사진 공장을 운영하는 부르주아였다. 영화도 그러고 보니 애초에 귀족예술이었고 고급예술이었다. 오페라와 클래식 음악에 질린 귀족들에게 뭔가 함께 모여 즐길 수 있는 것을 고민하다 보니 '오슬로스코프'가 '시네마토그래프'가 되었다. 이는 뤼미에르가 영화이전에 3차원의 앰비언트 포토등을 고안한 것을 보면 잘 드러난다. 첫 영화에 등장하는 건 공장 노동자들이었지만, 그것을 본 사람들은 귀족들이었다. 혹시나 그 당시 이들은 평민들의 삶을 볼 수 있는 CCTV를 생각한 것은 아닐까. 뤼미에르는 영화를 통해 그 당시 예술의 대립각이었던 현실주의와 초현실주의의 가교를 놓으려 했다고 한다. 공장노동자들의 삶을 담은 영상은 현실적인 사실이었고 그것을 보는 귀족들에게 그 현실은 자기 주변에는 존재하지 않던 초현실이었다. 이 부분에서는 적어도 뤼미에르형제가 작은 성공을 거둔 것이 분명하다. 지금 이 시대에도 사람들은 영화란 현실이 아니면서도 현실로 받아들이는, 현실과 초현실의 복합체로 알고 있으니 말이다.

\*\*\*

영사기: 리옹의 도심에서 메트로를 타고 20분 정도 동쪽으로 향하면 몽플레지르-뤼미에르역에 도착한다. 뤼미에르라는 지명처럼 이곳에는 뤼미에르형제의 생가가 아직도 보존되어 있다. 현재

생가에는 박물관과 도서관이, 그리고 형제의 작업실이었던 공간은 영화관으로 바뀌어 '뤼미에르 쿼터' 라 불리는 영화 구역이 형성되어 있다.

동그라미 창 밖의 전경: 뤼미에르의 생가인 영화박물관 2층 구석방 창가에서 내다본 풍경. 20세기 후반 뤼미에르형제의 생가는 없어질 위기에 처했지만 영화애호가들 사이에서 '뤼미에르 인스티튜트' 가 결성되면서 보존되어 현재에 이르고 있다. 지금의 뤼미에르 쿼터는 단순히 뤼미에르의 업적뿐만이 아니라 영화 진흥의 목적도 가지고 있는 살아 있는 영화 박물관 지구를 지향하고 있다.

스타는 이미지로 박제된다.

"스타의 흔한 운명은 이미지에 의한 죽음, 즉 초상화현상(Iconisation)이다. 이것은 동물이 박제로 만들어지는 것과 매우 흡사하다. 마이클 잭슨은 파란만장하고 뜨거운 사랑도 있는 자신만의 사생활을 가져보려고 무진 애를 썼다. 우리는 단말마의 고통과도 같은 그런 무용한 시도들을 한두 번 목격한 것이 아니다. 마릴린 먼로(36세에 죽었다)가 그랬고 그에 앞서 루돌프 발렌티노(31세에 죽었다)가 그랬다. 마이클 잭슨은 아직도 경련하듯 몸을 파닥거리고 있지만 사실은 밀랍 얼굴을 가진 속이 텅 빈 인형에 불과하다. 이제 머지않아 그는 쓰러질 것이고 사람들은 그를 꺼져버린 별들을 안치하는 신전에 갖다 놓을 것이다."

투르니에가 이 글을 썼던 1999년으로부터 10년이 지나고 거짓말처럼

petit Paris

마이클 잭슨은 쓰러졌다. 명성은 얻었으나 삶은 텅 빈 인형이었다. 그리고 그의 인생은 인형으로 살아 박제되어 그의 사생활은 철저하게 파헤쳐졌다. 자신의 역사는 사라지고 오직 이미지만 남게 되었다. 사람들은 그의 실제 생각과 역사에는 관심이 없다. 그가 가지고 있었던 아동과의 성추문은 아동과 성추행하는 이미지를 떠올리게 할 뿐 아무도 그가 왜 그런 성향을 가지게 되었는가는 관심이 없다. 그것이 스타의 운명이다. 이미지로 떠오르고 이미지로 몰락한다. 그러나 우리가 봐야 할 것은 바로 이미지와 이미지의 연속이다. 그것이 역사다. 그래서 영화는 다른 어떤 현대의 발명품보다 우월하다. 영화는 이미지와 이미지를 연결한 시간예술이고, 이는 역사의 예술이며, 그래서 이해의 예술이다. 이해는 영화의 바탕이다. 나는 난해한 영화, 독선적이고 독백적인 영화는 싫다. 타인과의 이해에 바탕을 두지 않기 때문이다. 그럼에도 불구하고 난해한 영화가 오해하는 이미지보다 훨씬 낫다. 난해한 영화여도 사람들은 영화를 이해하려고 '애쓰기' 때문이다. 이미지는 이해하려 애쓰지 않는다. 그냥 자기 생각대로 쉽게 오해한다. 그건 아침에 엉망으로 주차장에 세운 내 차에 욕을 하고 가는 사람들과 같다.

늦게 집에 돌아온 나는 주차하려 하지만 차를 세울 곳이 마땅치 않다. 마지막 남은 빈 공간 하나는 차들이 주차선을 지키지 않고 마구 세워져 있어 나 또한 주차선을 무시하고 중간쯤에 세워야만 한다. 그게 최선이다.

아니면 차를 세울 곳이 없어 일렬주차를 하게 되고 그러면 바쁜 아침 사람들을 더 귀찮게 할 것이다. 늘 주차선을 잘 지켰던 나는 어쩔 수 없이 그렇게 엉망으로 주차하고 잠을 잔다. 아침에 약간 늦게 일어나 보니 주변의 다른 차들은 다 사라졌다. 이제 내 차만 선을 지키지 않고 있어 다른 차가 제대로 댈 수 없게 된다. 이른 아침 차들이 다 나가고 새로운 차들이 주차하면서 내 차가 주차선을 지키지 않아 민폐를 끼치게 된 것이다. 결과만 보면 그렇다. 지나는 사람들이 한마디씩 던진다. "주차매너가 없네~" "차를 몰고 다닐 자격이 없네…" 라고 말한다. 아무도 내 차의 '주차 역사'를 알려고 하지 않는다. 그 순간의 이미지만을 보고 쉽게 오해한다. 작은 잘못이건만 큰 잘못을 한 듯하여 마음이 편치 않다. 전생 탓을 할 수밖에. 자초지종의 역사에 관심 없는 사람들을 원망하느니 다시 나 스스로의 업보사를 떠올린다. 역사는 그래서 중요하다. 개인의 역사, 가족의 역사, 도시의 역사, 공동체의 역사, 국가의 역사는 개인과 가족과 공동체와 국가의 현재 위치를 이해하는 방식이다. 상대방을 이해하고 사랑함은 상대방의 과거와 그 과거에 의한 업보를 너그러이 받아들이는 관용을 뜻한다.

리옹의 잘 나가는 게임과 한국의 천덕꾸러기 게임.

리옹은 컴퓨터게임산업으로 아주 유명하다. 유럽 최대의 게임산업

복합멀티미디어단지가 리옹에 있다. 전통음식과 뤼미에르의 영화로 유명한 리옹이 갑작스레 게임산업을 키우게 된 것은 다 그만한 이유가 있다. 전통으로 멋을 부릴 수는 있어도 그것만으로는 먹고살 수 없기 때문이다. 리옹의 올드타운에서 벗어나 신시가지와 신주택단지로 가면 모두 게임 멀티미디어 단지를 키우느라 한창이다. 이런 리옹의 발 빠른 변신을 두고 자유를 추구하는 파리지앵과 비교되기도 하지만, 그래도 리옹은 아랑곳하지 않고 도시의 발전을 위한 변신에 주력하고 있다. 미래 먹거리는 미래산업에 있고, 이를 위한 창조인력의 핵심거점으로 리옹을 변화시키고 있는 것이다. 그래서 유네스코는 에든버러 바로 다음으로 대표적인 창조도시로 리옹을 지정했다. 전통과 현대의 조화와 창조산업을 적극 유인하고 육성하는 시의 열정이 대단함을 유네스코가 추인한 것이다. 우리나라가 게임중독과 셧다운제 논쟁으로 차세대산업을 어떻게 발전시킬까 하는 발전적 고민을 중지하고 있을 때에 프랑스는 국가재정의 위기를 극복하는 다양한 시험들을 역동적으로 해내고 있는 것이다. 사실 역동성은 한국의 트레이드마크인데 이제 리옹이 바로 그 중심에 있다.

미국도 이미 게임을 아트의 한 영역으로 지정했다. 미국의 문화예술위원회는 2011년 예술 장르 중 하나로 게임을 지정했다. 팝아트의 영역으로, 대중들이 즐기는 예술의 영역으로 게임을 자리매김한 것이다. 그런데 우리나라에서는 갑작스레 게임은 천덕꾸러기가 되어 밤에는 절대 돌아다닐 수 없는 미디어가 되었다. 게임은 어쩌다가 이렇게 밤에 접속하는 아이들을 잡아먹는 '흡혈귀'가 되었나. 그 이유는 게임중독 때문이다.

**Nos formations diplômantes**

Bachelors spécialisés (Bac + 3)
Infographie Plurimédia
Concepteur 3D/VFX
Game Design : Game & Gestion de production
Game Design : Graphisme & Gestion de projet

Nos
Clas
Info
Info
Con
Web
VFX

Aries Lyon - 25, boulevard Jules Carteret - Gerland - 69007 Lyon - 04 72

tions professionnalisantes

paratoire
ste Webdesigner
ste Multimédia 3D
ur 3D

Effects

0 > lyon@aries-esi.net

# ARIES

Ecole Supérieure
d'Infographie 2D&3D

# www.aries3d.fr

아리스토텔레스에 의하면 연극은 우리를 괴롭히는 곤경을 모방하여 재연함으로써 그 곤경으로부터의 해방을 요구하는 것이라고 했다. 영화나 게임도 그런 측면에서 유사한 면이 있다. 마샬 맥루한은 게임이 없는 인간과 사회는 자동기계에 의하여 정신을 못 차리고 혼수상태에 빠진 인간과 사회의 모습이라고 했다. 예술과 게임에 의해 우리는 생활 규칙과 관습의 물리적 압박으로부터 벗어날 수 있다. 게임을 통해 '혼수상태와 자동기계상태의 인간사회'에서 벗어날 수 있는 것이다.

그러나 게임은 대중적이고 산업적인 위상을 확보하는 순간 하나의 정당한 놀이에서 타락하는 면모를 보이는 것도 사실이다. 게임이 사회적으로 많은 사람의 관심대상이 되는 순간 게임은 경쟁에 지친 사람들의 진정제에서 끊임없는 각성을 요구하는 '마약 미디어'로 치달은 것이다. 어찌해야 게임이 다시 예전의 '좋은 미디어'로 돌아갈 수 있는가. 그런데 '좋은 것'이란 도대체 무얼까. 정의론의 대가인 매킨타이어는 좋은 것을 덕성이라는 말로 표현했다. 그런데 이 덕성의 형성을 철인의 지식논쟁에서가 아니라 의외로 체스게임을 사례로 들어 설명하고 있다.

"덕성(virtue)이란 그 활동에 내재된 재화를 실현하는 과정에서 생긴다. 체스를 가르치려는 어른에게서 사탕을 얻어먹는 맛에 체스를 배우던 소년이 어느 순간 체스에 재미를 느끼고 이기기 위해 체스의 기술과 전략을 구사하게 되었을 때 그 소년이 느끼는 기쁨과 어떤 습득된 자질, 고도의 전략적 사고력, 경쟁의 긴장을 견뎌내는 정신력 같은 것이 체스에 내재된 재화(선)이다. 그것은 체스를 해야만, 혹은 그런 종류의 다른 게임을 해야만 얻을 수 있다. 반면 외재재는 사회생활의 사건에 의해서 체스 경기에서 외적으로 그리고 우연히 부가된 재화로서 예의 소년에게서 사탕, 어른에게는 명예, 지위, 돈이다. 그런 재화는 얻는 방법이 달리 항상 있고 반드시 실천해야만 얻는 것은 아니다. 그런데 외재재의 소유와 달리 내재재는 공유가 가능하다. 경쟁성 대 공유성의 대조가 등장하는 것이다. 외재재는 제로섬게임이지만 내재재는 실로 탁월해지려는 경쟁의 산물이다. 그래서 전체 공동체를 풍요롭게 한다."

게임의 중독성은 사실 그 상호작용적 공유의 속성, 탁월성의 속성에서 유래한다. 그래서 독일의 심리학자 베르크만은 게임의 중독성 몰입성의 특성을 학습장애인, 주의산만증 환자들의 치료에 활용하자고 주장한다. 게임을 못하게 하는 단절은 또 다른 면에서 더욱 극심한 인간 탈락을 초래한다. 그래서 게임은 잘 선용하면 가장 인간적이다. 게임놀이는 원래 사심이 없고 모든 사람에 대해 평등한 대우를 약속하기 때문이다. '무지의 장막'을 동원하기 아주 좋다. 그러나 그것이 왜곡되어 타락하면 인간 삶을 왜곡시킨다. 도박이 그렇고 포르노가 그렇고 마약이 그렇다. 게임에 너무 빠져 식음을 전폐하고 모니터에 앉아 있음은 실제 중독이고 정신병이다. 게임을 끊지 못하고 끊임없이 하고 싶어 하는 정신병이다.

고프만에게 정신병 및 심지어 심각한 형태의 '정신병적 혼란'은 무엇보다도 매일 상호작용의 규범적 핵심인 신체 움직임과 제스처에 대한 많은 미세한 감시형태를 수용할 능력이 없거나 받아들일 의지가 없음을 말한다. 광기는 '상황적 부적절함'의 집합이다. 많은 정신병자는 대면을 시작하고 끝마치는 것과 관련된 규범들을 무시하거나 그 규범을 다루는 데 어려움을 느낀다. 그래서 의료진과 대면 중인 정신병동 환자들은 의료진이 대면을 끝내려는 신호를 아무리 보내도 그를 계속 붙잡는다. 환자는 그들이 빨리 걸어도 그 사람을 바짝 따라가며, 잠긴 병실일지라도 병실 밖으로 의료진과 동행하려고 한다.

이것은 과시적 개인주의이다. 대면의 시작과 끝과 관련된 규범들을 무시하는 것이 게임중독이다. 게임이 온라인화하고 게임의 대상이 아바타가 아닌 실제 타인이 되면서 '사이버대면의 시작과 끝'에 대한 규범이 아직 정착되지 못했다. 게임중독의 문제는 미디어이용의 시작과 끝의 규범에 대한 문제이지 게임의 문제가 아니다. 이들 게임중독자들은 분명 부모와의 대화에서도 시작과 끝을 알 수 없고, 그래서 부모의 말을 어떻게 들어야 하는지를 알지 못하는 이들이다. 게임이 아닌 책을 보더라도 책을 어떻게 시작해야 하는지 그리고 언제 끝내야 하는지를 모르는 이들이다. 부모와의 대면을 언제 시작해야 하고 언제 끝내야 하는지에 대한 무지로 불편함을 느끼는 이들이다. 그래서 대개 부모나 책과의 대면은 짧게 집중 없이 끝나고 만다. 반면 게임은 언제 끝내야 할지를 모르기 때문에 엄청난 몰입으로 끝도 없이 진행되는 것이다.

일상생활에서 우리도 서로 만나 말과 시선, 제스처를 교환한다. 한 시간 두 시간 대화를 하다 대화의 용건이 소모되고 에너지가 소모되면 서로 대면의 마무리를 위한 신호를 교환한다. 시계를 보는 것은 너무 명확한 신호여서 매너에 어긋나기 때문에 대부분의 사람은 맥락적 단서(contextual clue)를 운용한다. 옷을 주섬주섬 만지기도 하고 눈 맞춤을 약간 피하기도 하고 마무리용 멘트를 쓰기도 하면서 대면을 종결한다. 그러나 온라인게임에서는 이런 사이버대면의 시작과 끝이 불분명하다. 신호 자체가 아예 없기도 하다. 게임중독의 많은 부분은 바로 이 대면종결기술의 부재에서 발생한다. 중독이라는 말은 함부로 쓰면 안 된다. 대부분의 정상적인 사람들도 특정대상에 대한 중독적 증세나 회피적 증세는 있다. 그런데 쉽게 중독이란 라벨을 붙여서 심각한 질환으로 오인하고 격리시켜 자활의 가능성을 빼앗아버리면 〈자각에 의한 발전

가능성〉이라는 가장 중요한 개인의 생애발달과정을 제거하는 불행을 맞게 될지도 모를 일이다. 정상적인 사람들도 초중학교 때는 대부분 특정 취미에 중독된 경험이 있다. 몰입이란 한 분야를 탐구하게 만드는 저력이다. 특정분야의 효능감이나 자존감, 몰입감은 모두 한 분야에서 다른 분야로 옮겨갈 가능성이 크다.

결국 중독을 두 부분으로 나누어, 그것을 단절했을 때 나타나는 극심한 금단현상 등을 겪는 '병적인 중독'과 대면처리 기술의 부족에 의해 언제 게임을 끝내야 할지 모르는 '과잉이용자'의 경우로 구별해 봐야 한다. 이 두 종류의 중독을 나누어 접근해야만 건강한 청소년기에 거쳐가는 자기극복의 계기로서 게임을 위치시킬 수 있다. 이 두 부분을 나눈다면 과잉이용자에게는 사이버대면의 만남과 끝을 통제할 수 있는 기술을 가르쳐야 하며, 그것이 어렵다고 판단될 경우 게임을 단절할 것이 아니라 이용자가 대면기술을 익히도록 환경을 조성해주는 것이 중요하다. 게임을 오래 하면 게임이 재미없어지는 피로도 시스템도 있지만 이것도 대면기술을 익히기보다는 기술적 표준화의 문제로만 협소하게 접근하는 것이다. 인간을 대하는 것은 기술적 표준화보다는 그 맥락을 이해하고 그것에 반응하도록 만드는 메커니즘이 더욱 중요하다. 늦은 밤 접속해 온라인 게임을 오래도록 이용하는 사람들은 의외로 인간적인 만남과 관계를 절실히 요구하는 사람일 수 있다. 12시 이후에 사이버상에서 사람을 만나 고민을 토로하고 싶은 심정을 가질 자유가 왜 인간에게 없단 말인가. 그런 인간의 관계 맺기라는 본능적 감정을 쉽게 중독이라는 심각한 병적인 어구로 단절시킬 수는 없는 일이다.

　모든 미디어가 그렇듯이 게임도 종종 마약에 비유된다. 어느 시대나 그 시대에 가장 유행한 장르는 마약 남용에 비유되었다. 왜냐하면 늘 대중은 수동적이며 미디어는 그런 수동적인 대중을 움직이는 '피하주사' 같은 역할을 하는 것으로 인식되기 때문이다. 텔레비전이나 로맨스소설, 판타지소설, 록 음악에 중독되어 머리가 텅 빈 채 반의식의 상태로 생활하고, 또 다른 마약 주사를 끊임없이 찾는 모습으로 대중문화는 그려졌다. 예를 들어 매리 윈(marie winn)은 〈플러그를 꽂는 마약(The Plug-in Drug)〉이라는 책에서 아이들이 '혼수상태'에서 '몽롱하고 텅 빈 시선'으로 텔레비전을 시청한다고 언급했다. 영화의 경우 1993년 두 어린아이가 공포영화 〈사탄의 인형3〉을 본 후 갓난아이를 죽이거나, 불행한 가족 내에서 태어난 악마의 자녀인 사탄에 대한 영화인 〈오멘〉이라는 영화를 본 직후 아버지가 아들을 칼로 찌른 것처럼, 영화와 텔레비전 매체 속 폭력이 특정한 폭력 행동을 일으키는 것으로 인식되어 왔다. 그리고 이는 어느 정도 사실이다. 그러나 폭력적인 장면이나 콘텐츠를 보고 폭력을 유발한다는 명제에는 너무나도 많은 '매개변수'들이 내재해있다. 맥락, 가족, 주변인, 유전, 지능, 성격, 상상력, 효능감 등 너무나 많은 변수들이 개입되어 있어 폭력성은 단지 개연성으로만 존재하지 일관된 인과성으로는 존재하지 않는다. 그래도 만에 하나 직접적인 피해를 막아야 한다면 텔레비전에 V 칩을 장착할 선택의 자유를 주면 된다. 게임에도 V 칩 같은 것이 장착되면 된다.

"희극비극은 모두가 모방의 예술이다. 비극은 보다 위대한 인간을, 희극은 보다 비천한 인간을 각각의 모방의 대상으로 선택하고 있다는 점에 두 장르의 차이가 있다." 아리스토텔레스의 말이다. 그러나 한 걸음 더 나아가 보다 위대하다는 것과 보다 비천하다는 것을 구조적으로 검토하면, 비극에서의 위대함이란 인간을 위에서 억누르는 훨씬 강대한 힘에 대항하여 ― 신이건 운명이건, 혹은 에우리피데스에서처럼 정체불명의 비합리성이건 ― 사투(死鬪)를 계속하는 모습으로 그 결론을 찾아볼 수 있다. 이와 반대로 희극에서의 비천함이란 인간을 아래에서 지탱하는 강대한 힘 ― 성욕 식욕 금전욕 명예욕 권력욕, 그 밖의 갖가지 생명욕 ― 을 의지 삼아 자기 분수를 모르고 소망에 애태운다는 점에 바로 비천함의 본바탕이 있다. 그리고 평화를 위해서이건 정치적 권력의 획득을 위해서이건, 또는 빚을 갚지 않기 위해서이건 인질을 빼앗기 위해서이건 엉터리 목적의 성취를 위해 기상천외의 수단을 부리는 인간들을 등장시킨다. 그 사이에는 시사문제나 풍속에 대한 풍자도 왕성하다. 희극의 본바탕은 인간의 본능적 욕망을 무한히 부풀게 하는 생명력의 희화화(戱畵化)이며, 그 늠름한 힘을 웃음으로써 찬미한다는 점이다. 게임은 비록 눈물은 적으나 인간의 욕망을 부풀게 하며 그 부푼 욕망이 결국은 하나의 뜬구름 잡기라는 재미의 논리를 갖고 있어 희극예술의 한 장르임이 분명하다.

petit Paris

petit Paris 209

# 파크도르에서의 일곱째 날, 소통에 대하여

도시산책자, 관상학자가 되다.

프랑스 사람들과 불어로 한마디도 말을 나눠보지 못했다. 불어에 불통하니 당연하다. 상대방이야 불어를 말하지만 나는 고개만 끄떡인다. 어쩌겠는가. 영어 할 줄 아느냐고 물어봐도 알아듣지 못하는걸. 그들은 내 말을 무시하고 그냥 말해버린다. 리옹에서는 파리보다 더 그렇다. 파리는 그나마 영어가 통하는데, 리옹은 영어 자체가 통하지 않는다. 시티 관광카드를 들고 기뇰박물관을 들어갔는데도 박물관 안내자가 그냥

불어로 말해버린다. 알아듣든지 말든지 방관하는 태도다. 물론 설명은 한다. 아마 무슨 지침을 받아서 꼭 해야만 하는 눈치다. 어느 나라에서 왔느냐고 물어보는 질문을 모든 박물관에서 똑같이 받았다. 리옹 시에서 지침을 내려 조사를 하는가보다. 물어볼 때의 표정을 봐서는 결코 자발적으로 하는 게 아닌, 당신이 어디서 왔는지 알고 싶지 않지만 물어야만 한다는 표정이다. 그 자리에서 그들 표정에서 충분히 느껴지는바 이는 확실하다. 말하지 못하고 그냥 보니 더 잘 보인다. 실체는 동작과 태도에 있다고 하던가.

우울증환자들도 실제 말과 인터뷰보다는 행동방식을 보면 더 잘 파악된다고 한다. 우울증환자의 움직임은 정상인에 비해 보통 두 배 느리다. 여기 박물관에서도 그들의 표정과 몸짓을 보니 고립을 표현하는 모습 같다. 프랑스 문화에 대한 자국민의 자랑스러움과 상대방에 대한 배려는 이제 별개의 모습으로 보인다. 이러다 프랑스문화는 독립이 아니라 고립되지 않을까? 나처럼 멀리 아시아에서 온 사람이 제대로 된 설명도 듣지 못하고 오디오 가이드도 없이 리옹시와 협정한 박물관을 그냥 겉모습만 보고 나온다는 것이 얼마나 프랑스의 이익에 도움되겠는가.

이렇게 프랑스에서 나는 언어장애자였다. 물론 식당이나 가게들에서 어느 정도 영어가 통하는 것도 사실이지만, 사람과 사람 사이에 래쁘

(rapport)를 형성하기에는 역부족이다. 눈이 멀면 귀가 밝아지듯이, 언어가 막히니 파리와 리옹의 사람과 거리가 더 세밀하게 닿았다. 청각은 작아지고 시각과 촉각은 커졌다. 해설자가 아닌 관상학자의 시각으로 도시를 바라보았고, 그건 도시를 이해하는 새로운 경험이었다. 라디오에서 흘러나오는 대화도 무슨 말인지 몰랐지만, 그들의 말 톤이 먼저 다가왔고, 가게에서 던지는 그들의 말에서도 표정과 행동이 먼저 보였다. 아주 허름한 포토일러스트레이션 가게를 들렀을 때 이게 카피본이 아니냐는 질문에, 진짜임을 알리는 그들의 말은 이미 표정으로 나와 내 동료의 작품이고 애작들임을 말하고 있었다. 우린 그 사람의 말보다 그 사람의 눈을 믿는다. 말은 거짓말을 해도 눈은 거짓말을 못한다. 말로 하는 거짓말은 연습으로 속일 수 있어도 표정은 불가능하다. 도시는 그 속에서 생활하는 사람들에게 생계의 공간이다. 시민에게 도시는 이미지로 다가오지 않는다. 그러나 여행객에게 도시는 관상이다. 도시는 생계의 공간이 아닌 이미지로 다가오고 그 이미지의 바라봄, 즉 관상을 통해 도시의 본질에 접근한다. 도시를 걷는 여행객은 도시의 관상학자로서 그 특권을 부여받는다.

감정을 표현하는 시계.

인간의 몸 가운데서 내적인 통일성을 가장 잘 보여주는 것이 얼굴이다.

epiphany
anxiety
remorse
duty
panic
guilt
fear
indifference
ecstasy
nostalgia
awe
fatigue

얼굴을 구성하는 단 하나의 요소만 변화해도 즉각 얼굴 전체의 성격과 표현이 변한다. 이를테면 입술을 실룩거리거나, 코를 찌푸리거나, 흘끗 쳐다보거나 또는 이마에 주름살을 잡는 것이 그것이다. 얼굴은 그 전체적인 인상이 부분들의 인상에 의해 좌우된다. 그래서 얼굴은 미학적 효과가 큰 데, 그 이유는 대상 전체가 작은 요소의 변화에 더 활발하게 반응하기 때문이다. 미학의 '에너지 절약의 원칙'이라 할 수 있겠다. 모든 개별적 요소의 숙명이 다른 요소의 숙명도 결정하는 그러한 대상들이야말로 미학적 관찰과 구성에 가장 잘 맞는다. 얼굴이야말로 작은 개별 요소의 변화를 통해서 전체적인 인상의 최대 변화를 가져온다. 짐멜은 얼굴이란 다른 어떤 것보다도 모든 예술이 안고 있는 문제 — 사물의 형식적 요소들을 상호 연결시켜 이해하고, 직관 가능한 것을 또 다른 것과의 관계를 통해서 해석하는 문제 — 를 예견한다고 했다. 왜냐하면 얼굴에서는 이목구비의 특성이 다른 모든 것들, 곧 전체의 특성과 연결되기 때문이다.

중학생 아들이 어느 날 이런 말을 건넨다. "아빠는 표정이 3가지밖에 없어." 기분이 좋거나 기분이 나쁘거나 아니면 뚱하거나. 뚱하다는 표현은 집에서 아빠가 일할 때 — 그러니까 책을 보거나 글을 쓸 때 — 의 표정이란다. 아마 '진지하게 연구하고 글 쓰는' 나의 표정을 말하는 것이겠거니 생각하지만, 한편으로는 씁쓸하다. 아, 그렇게 우리 세대는 무표정으로 살아왔구나. 사실 마음속 감정이야 여러 가지이지만 그게 표정에는 잘 나타나지 않는 것이 우리 세대였다. 표정 짓는 법을 배울 기회가 없었던 거다.

우리 사회는 의외로 감정을 드러내는 표정에 관대하지 못하다. 기분 나빠도, 짜증이 나도, 놀라워도 그걸 표정에 내놓지 않는 포커페이스의 사회. 얼굴 찡그렸다간 항명죄와 맞먹고, "표정이 왜 그래? 내가 시킨 일이 마음에 안 들어?"라면서 다그치는 사회. 마음에 내키지 않지만 꼭 해야 할 때는 말로는 긍정하지만 표정은 부정적으로 나타날 수 있는 것 아닌가. 그러나 우리 사회는 어떤 상황에서도 미소를 잃지 말아야 한다고 가르쳐 왔다. 관음보살상의 염화미소는 세계 어디에도 없는 최상의 미소라며. 그 미소를 이상형으로 강요하는 스트레스가 우리 사회에 만연해 있다고나 할까. 해탈한 사람이 아닌 범부중생이 어찌 그럴 수 있겠는가. 그러나 그걸 잘해내는 것이 사회적 요구이고 그 발산의 부재가 갑작스런 분노폭발들로 나타나는 것 아닐까.

사람의 표정이야말로 가장 중요한 커뮤니케이션도구이다. 의사소통은 그 도구가 풍요로울수록 당연히 전달력도 높아지고 오해도 줄어든다. 소리로만 전달되는 전화 대화보다 소리, 표정, 몸짓 등의 면대면 대화가 의사전달에 훨씬 더 효과적임은 물론이다. 프랑스인들은 유난히

표정이 많은 것 같다. 어쩌면 저렇게 다양한 표정들이 나올까. 잔돈이 없을 때, 자전거를 타다가 버스가 위협할 때, 길을 헤매는 나에게 도와주려고 다가올 때, 프랑스어를 할 줄 몰라 주문을 못 해 쩔쩔맬 때 그들 얼굴의 감정표현은 말보다 먼저 내게 다가왔다. 그런 표정에 나도 쉽게 더 집중하고 더 이해하기 쉽다. 일주일 정도 지나니 그들 표정만으로도 내 의사가 잘 전달되었는지, 또 무엇을 의도하는지 대략 짐작이 갈 정도라고 말한다면 과언일까? 과언이 아닌 것이 일주일 정도 지나니 정말로 그들의 표정이 자연스럽게 다가왔다. 처음의 어색하고 딱딱하고 불안한 소통이 급격히 줄어드는 느낌이다.

'감정을 표현하는 시계'가 예술작품으로 리옹의 현대미술관에 전시되었다. 프랑스인에겐 그런 감정의 지표가 시계처럼 나타날 수 있다는 것을 이제 충분히 이해한다. 시계만큼이나 정확한 기분과 감정의 지표를 타인들도 느낄 수 있으니, 시계 같은 지표가 충분히 탄생할 수 있을 터이다. 12개의 감정시계작품은 역시 프랑스답다. 의사를 표명하는 그들의 표정은 모두 통일된 움직임들이다. 그래서 표정은 중요한 의사소통의 수단이다. 우리나라처럼 기뻐도 슬퍼도 중립적인 표정이 대우받는 표정관리의 나라가 아니다. 표정 시계는 분명 프랑스의 자산이다. 표정에서 읽을 수 있는 사람의 마음은 상대방의 행동에 대한 예측 가능성을 높인다. 더불어 사람 관계도 안정되고 편해진다.

사실 성형문제도 그렇다. 한국에서 성형이 유행하는 이유를 사람들은 외모중심주의에 두지만, 표정에 대한 한국인의 관념도 한몫을 한다. 한국인은 표정을 중시하지 않는다. 어떤 상황에서도 자기의 감정을 드러내지 않는 포커페이스를 사회적 예절로 요구하기 때문이다. 상사 앞에서 싫다고 하기보단 일단은 긍정하고 싫지 않은 표정을 보여야 한다. 기회를 봐서 다시 얘기해야 하는 것이 예법으로 통한다. 감정에 솔직한 표정을 담는 것은 불이익을 각오하고 하는 일이다. 이러니 성형과 양악수술로 로봇 같은 부자연스런 표정이어도 크게 문제될 것이 없다. 다양한 표정을 원하지 않는 사회이기 때문이다. 우리 사회의 성형은 그런 문화적 배경을 깔고 있다. 단순히 외모의 문제만이 아니라 의사소통에서의 표정문제도 성형중독에 큰 영향을 미치고 있는 것이다.

나는 표정이 다양한 사회였으면 한다. 그래서 외모미인이 아니라 표정미인이란 새로운 개념이 생겼으면 좋겠다. 프랑스에서 보고 느낀 그런 표정의 다양함과 솔직함이 부럽다. 그로 인해 인성은 좀 높아지고 작은 갈등들은 둘레둘레 보이지만, 사람과 사람 사이의 오해가 줄어들고, 갈등의 골도 깊어지지 않으며, 그래서 평등도 더 쉽게 이루어질 것이다. 포커페이스로 인해 말의 뜻을 넘겨짚어야 하고, 그 말의 속뜻을 알기 위해 잦은 회의를 해야 하는 것은 상사와 부하, 지배와 피지배라는 위계적 조직에서만 가능하기 때문이다. "검토해보겠습니다"라는 말이 한국에서는 조직마다 다 다른 의미가 있다고 하지 않던가. 위계적 조직은 규율을 중시하고, 표준화된 규정을 따라야만 생존할 수 있다. 표정이 살아 있는 조직은 수평적 조직이며 소통이 원활한 사회임을 증명한다.

최고의 레스토랑 마케팅은 '타인되기'이다.

도시관광에서 무엇을 꼭 해야 한다는 건 없다. 여행자에게는 더더욱 그렇다. 배가 부른데 좋은 식당에 들어갈 이유도 없다. 배가 고파지고, 그리고 끼니때 즈음 걷다 지나치면서 괜찮은 곳에 들어가면 그뿐이다. 그게 여행자의 특권이다. 어쩌다 괜찮은 식당을 만나면 그건 나만의 명소가 된다. 좀 맛이 없으면 어떠리. 이국땅에서 나에게 맞는 최상의 맛은 역시 토속의 맛이다. 그런데 하나 궁금한 게 생겼다. 흔히 식당을 찾을 때 레스토랑의 주인들은 어떤 식당을 찾을까. 같은 동종업종이니 그들만의 맛있는 식당을 찾는 전문적 노하우가 있을까? 리옹에서 십 년 이상 한식당을 운영해온 사장님에게 리옹에서는 어디가 맛있는지 물었다.

"우리도 잘 몰라요. 리옹이야 요리로 유명한 도시이고, 여기 사람들이 맛있다고 하는데 가 봐도 우리 느낌에는 거기가 거기예요. 그래도 사람 없는 데는 안가지요. 우리도 똑같아요. 특별히 좋은 식당을 찾는 방법은 없어요. 우리 식당도 그래요. 이제 프랑스에서도 한식을 좋아하는 단골

손님들이 생겼어요. 그렇지만 그건 일부이고, 손님이 있어야 사람들이 따라서 들어와요. 손님이 없는 날은 그래서 아예 없는 경우도 있고요. 손님이 있는 날은 너무 많아져요. 그러니 프랑스 사람들도 지나가다가 사람 많은 곳에 들른다는 이야기죠."

경상도 사투리가 섞인 리옹의 한식당 사장님의 말이다. 식당도 감염이다. 유명한 집이라고 소문을 듣고 와도 사람들이 없으면 어? 잘못 찾아왔구나 하고 머뭇거리다 돌아가게 된다. 그 한식당에 우리가 좀 이른 저녁을 먹으러 왔고, 그리고 뒤이어 몇몇 프랑스인 그룹들이 들어왔다. 사장님이 보라고 말한다. 아, 우리가 바람잡이가 되었구나. 바람잡이란 정말 굉장히 중요하구나. 아무리 좋은 평가가 있다고 해도 사람들이 직접 체감하는 것만은 못한가 보다. 내가 직접 와서 눈으로 확인하고 그것이 가장 빠른 효과를 낸다. 여기도 감염의 법칙, 근접의 법칙은 작용했다. 유명한 식당들이 몰려 있는 리옹도 예외는 아니었다.

사람은 어디나 마찬가지인가 보다. 모르는 타인이지만, 다른 사람들이 선택한 것을 나도 선택하면 그만큼 위험도가 낮아진다고 생각한다. 아주 맛있지는 않을지언정 적어도 형편없는 집은 아니겠지 하고 들어가는 것이다. '시민적 무관심'은 도시의 특징이지만, 그 무관심은 모두가 서로 보면서 무관심이 아니라 서로 보면서 외면서 동시에 서로에게 영향을 주는 도시 이웃들 간의 독자산이다. 가게와 레스토랑, 식당의 다양들은 인테리어 직접 나를 유인하는 사분의 분위기이며 도시는 인테리어나 외장새략는 사분보다 '사람들의 환상'에 더 크게 영향을 믿는 것이 분명하다.

매력은 노출하는 것이다.

사실 노출과다증은 병의 증후가 아니다. 매력을 발산하고 싶은 사람의 본질이다. 노출이 많아지면 매력도는 올라간다. 노출이 많아지면 많이 반복해서 보게 되고, 반복하면 친숙하게 되고 친숙하면 매력도가 높아진다. 물론 여성의 노출은 성적인 매력이나 경쟁적 본능 때문에 직접적인 반응을 유발한다. 그러나 그런 본능과는 별개로 외모가 되었든, 자기 성격이 되었든, 자기 생각이 되었든 자기노출은 매력의 출발점이다. 다른 모든 조건이 같은 상태라고 가정하면, 노출은 더 많은 매력을 발산한다. 기내 메뉴의 설명에서 한국 음식은 간단한 두 줄짜리 설명구이고 서구 음식은 네 줄이나 되는 자세한 설명이라면, 그리고 내가 한식 편애자가 아니라면, 서양식 음식을 시키는 것이 당연하다. 두 줄보다야 네 줄이 100%나 더 많은 노출이니까. 더구나 에드워드 권이라는 육성급 호텔의 주방장이 만든 메뉴라고 하지 않는가. 육성급 호텔 주방장 출신이 비빔밥 메뉴보다는 스테이크 메뉴에 어울리다 보니 기내의 메뉴설명

안내서는 에드워드의 권위에 노출 과다까지 더해져 서구 음식은 우월해지고 한국 음식은 초라해진다.

물론 나는 별반 그 차이를 느끼지 못하겠다. 한국의 리츠칼튼과 하얏트호텔에서 자주 음식을 먹는 사람들이야 에드워드의 6성급 권위가 진하게 다가오겠지만 작은 장인들의 맛집에서 정성을 느껴온 사람들에겐 내 옆 친구들의 경험에서 우러나온 추천이 훨씬 더 믿을 만하다. 이미 영화 광고는 중앙일간지에서 사라진지 오래다. 전통적인 신문에 실린 영화 광고는 이미 투자 대비 효과가 없기 때문이다. 세상은 그렇게 변하고 있다. 항공사만 그런 변화를 모르는 걸까? 하늘에서 땅의 소리를 듣기란 쉽지 않은가보다.

리옹 메트로역을 들어가자마자 제일 크게 걸린 광고판이 놀랍다. 웬 할아버지가 '쭉쭉 빵빵 캥거루' 앞에서 "오렌지 자연으로"라는 문구의 광고판에 엄마 품의 아기 모양으로 앉아 있다. 그것도 가장 행복한 표정으로. 할아버지가 아기처럼 엄마 품에 앉아 젖을 먹는 모양이 회춘의 의미인가 아니면 자연으로 돌아가서 자연스럽게 묻히라는 의미인가. 나에겐 불어가 준 의미, 즉 '자연으로'란 말 때문에 자연스런 죽음이란 뜻이 제일 먼저 다가왔다. 아마도 죽기 전 그 할아버지의 버킷리스트 중 하나이리라. '이 세상에 존재하지 않는 세계 최고의 캥거루 미인과 첫 키스 하기.'

LOVIS XIV

ROI DE FRANCE

이 광고의 원조는 우리나라 담배인삼공사의 인삼선전이 아닐까 싶다. 담배인삼공사의 인삼은 늘 잘빠진 여인의 모습을 하고 있었다. 회춘은 시간을 거꾸로 흐르게 하지만, 거꾸로 흐른 시간에서 최상의 정점은 젊은 시절 한 번뿐이다. 반면 시간의 흐름을 거역하지 않으면 매일매일의 인생 자체가 안정되고 멋져진다. 영원은 짧은 시디김니, 영원히 짧은 이무것도 없다. 영원히 짧은 오직 영원한 것이 없다는 그 진리뿐이다.

\*\*\*

리옹벨쿠르광장: 벨쿠르 광장은 리옹에서 가장 크고 중심에 있는 광장이다. 17세기 초 만들어서 매우 역사가 깊으며, 중앙에는 리옹 태생의 조각가 프랑소아 레모가 만든 루이 14세 동상이 있다. 주변에는 레스토랑, 카페, 서점, 패스트푸드 점 등 다양한 상점들이 위치하고 있으며, 온리리옹 여행안내소도 이곳에 있다.

집들이 문화는 폭탄 돌리기였다.

집들이 문화가 사라진 이유는 무얼까? 맞벌이에 개인주의화 된 것도 있지만, 한 사람, 한 가정에게만 책임을 지우는 관례 때문이기도 하다. 외국처럼 사교를 위해 모두가 조금씩 분담하여 준비하는 것이 아니라, 한 사람이 모두 다 준비해야 하기 때문에 그만큼 부담이 크다. 물론 돌아가면서 하는 것이니 한번 크게 부담을 갖는 것도 괜찮다고 하지만, 사람들은 부담이 분산되기를 원하지 한꺼번에 몰려오기를 원하지 않는다. 그것은 실제 기억에 더 큰 영향을 미친다. 사람들은 가장 최고의 각성과 그것의 끝이 어땠나 만을 기억한다. 이른바 기억의 꼭짓점 – 종착점 이론(peak-end theory)이다. 한 번뿐이지만 크게 부담을 가졌던 집들이는 다시는 하고 싶지 않은 것이다. 그러나 그 부담과 고통이 분산되면 생각이 달라진다. 조금씩 준비하는 것은 그리 어렵지 않다. 시간이 문제가 아니라 꼭짓점과 종착점이 문제이기 때문이다.

즉 한 사람에게 모든 부담을 한 번에 지우는 문화와 조그만 부담이 지속적으로 순환되는 문화는 서로 같은 총량의 공유문화라고는 하나 공동체가 지속되는 것에는 큰 차이를 부른다. 서로 작게 자주 고통을 분담하는 것이 훨씬 낫다. 폭탄 돌리기는 그만하자. 폭탄은 한번 터지면 큰 외상을 입지만, 같은 파괴력이어도 그것이 분산되면 처리하기 쉽고 견디기도 쉽다. 세상의 시스템은 그렇게 짜여져야 한다.

I ♥

petit Paris

Le Petit Prince

petit Paris

petit Paris

# 프레스낄에서의 마지막 날, **어린 왕자에 대하여**

어린 왕자의 보아뱀은 보아뱀이 아니다.

어린 왕자의 모자 그림은 모자가 아니다. 보아뱀이 코끼리를 먹은 그림이다. 그 안에 코끼리가 있다. 그럼 코끼리는 정말 있는 것인가.

어린 왕자의 보아뱀.

생택쥐페리는 어른들의 현실성을 질타했다. 아이들의 본질은 초현실성이다. 텔레비전 안의 팝콘은 텔레비전을 뒤집어도 팝콘 낱알들이 떨어질리 없다. 그러나 텔레비전 안의 팝콘도 아이들에게는 우수수 떨어진다. 아이들에게 현실과 초현실은 뒤섞인다. 텔레비전 안 팝콘은 아무리 텔레비전을 부수고, 털고, 거꾸로 해도 떨어지지 않는 것이 당연하다. 정말 그런가? 팝콘 낱알은 실제로 방바닥에 나뒹굴며 떨어지지 않지만, 텔레비전을 뒤집어도 아무 일도 일어나지 않지만, 정작 팝콘이 떨어지지 않는다고 생각하는 순간, 사람들의 인지 속에는 그것을 팝콘으로 받아들이지 않는다. 어른들의 무의식은 아이들의 생각과 같다. 텔레비전 속의 팝콘을 진짜 팝콘으로 보는 것이 우리의 본능이다. 물론 텔레비전 속의 팝콘은 실재가 아니고, 하얀색의 약간 작은 둥근 것들이 모여 있는 것이다. 팝콘이라는 이름과 개념으로 다가오지 않는다. 그래서 팝콘은 존재하지 않는 것이다. 텔레비전을 볼 때 팝콘이구나 하고 인정하는 순간, 우리는 실재하는 것과 똑같은 메커니즘에 빠진다.

말이 좀 어려운가? 그렇다면 공포영화를 떠올려보자. 사람들은 대개 공포영화를 싫어한다. 납량특집이라고 하면 질색이다. 그런데 어느새 남들이 공포영화를 본다고 모이면 은근히 끼어서 보게 된다. 공포영화를 볼 때 무서운 장면에서는 갑자기 화면으로부터 눈을 돌려 옆 사람들의 모습을 본다. 그러면 영화에서 벗어나 무서워하는 표정을 짓는 사람들의 얼굴을 보면서 웃는다. 왜 저렇게 사서 공포를 느끼고 무서워할까.

그런데 바로 그때 나는 그 영화를 보지 않고 있다. 왜냐하면 그걸 보는 순간 진짜라고 느껴 무섭기 때문이다. 보지 말아야 가짜임을 인식하고 안심하는데 보는 순간 나의 뇌는 진짜라고 인식한다. 영화를 보고 있는 동안 즉 내가 영화 스토리와 영상을 따라가고 있는 동안은 나는 무서워 하며 식은땀을 흘린다. 진짜라고 생각하기 때문이다. 눈을 돌려 공포영 화를 보지 않으면 스토리를 따라갈 수 없고, 그러면 재미가 없다. 영화 를 봤다고 할 수 없다. 그렇다면 영화는 초현실인가? 현실인가? 그 두 개의 결합이다. 뤼미에르형제와 같은 리옹 태생인 생텍쥐페리도 그걸 잘 알고 있었다. 보아뱀은 초현실과 현실의 결합이다. 세상에 뱀이 어떻 게 코끼리를 먹나. 그러나 코끼리를 삼킨 보아뱀을 보는 순간 우리는 믿 는다. 그렇게 상상하는 순간 그것은 현실이 되는 것이다. 상상은 상상이 아니다. 꿈은 단순히 꿈이 아니다. 나의 욕망의 충족이자, 표현이다. 내 가 내 몸으로 욕구하는 이상, 나의 욕망은 실재하는 것이다.

〈어린왕자의 보아뱀〉 다시 읽기.

사실 보아뱀의 코끼리는 상상 속에 존재한다 해도 시간이 오래 지나 가면 더 이상 존재하지 않는다. 분해되어 사라질 것이다. 다시 보면 코 끼리도 없고 보아뱀도 없다. 어린 왕자의 '코끼리를 먹은 보아뱀'은 사 물의 겉만 보지 말고 사물의 속을 보라는 이야기다. 사물의 속을 제속

파 들어가면 어찌 될까. 결국 그 속의 끝은 없다. 본질이 없다는 것이다. 파이프 그림에 '이것은 파이프가 아니다'라고 씌어있는 것은 원래 파이프는 그림의 화폭일 뿐 공(空)이라는 것이 본질이다. 그것은 다시 깊과 속을 떠나 시간과 공간 그 전체를 보라는 이야기와 같다.

그러나 코끼리를 삼킨 보아뱀이라고 설명하는 순간, 보아뱀은 코끼리 위에 군림한다. 평등한 이미지들의 결합을 떠나 위계가 생기기 시작한다. 코끼리와 보아뱀을 분리시키고 확장시켜 다시 보면, 보아뱀이 코끼리에게 2차원의 땅따먹기게임에서 이긴 것이다. 보아뱀의 면적이 더 넓기 때문이다. 그래서 보아뱀이 코끼리를 삼킨 형상이 나타난다. 이건 단순한 2차원적 상상이다. 여기에 르네 마그리트의 단절과 확장의 시선을 투영하면, 〈하늘 속에 새〉가 아닌 〈새 속에 하늘〉을 보는 위계의 파괴가 생성된다. 그래서 "생텍쥐페리님! 나는 그 그림이 코끼리를 삼킨, 그래서 코끼리와 보아뱀을 투쟁과 갈등의 공간으로 해석하기 보다는, 보아뱀이 코끼리에게 폭우를 피하도록 잠시 집을 만들어준, 계속된 폭우와 풍랑에 견디는 배처럼 그려진 것으로 해석하는 편이 훨씬 좋답니다. 보아뱀은 절대로 코끼리를 수년에 걸쳐서 소화시킬 수 없겠지요. 왜 코끼리를 보아뱀의 음식으로만 볼까요. 잠시 폭우를 피해 보아뱀 배 속으로 피했다가, 곧 보아뱀 바깥으로 코끼리가 다시 나와 걸어가는 모습일 수도 있겠지요." 생텍쥐페리의 동상 앞에서 던지고 싶은 말이다. 그 동상에는 앉아 있는 생텍쥐페리만이 아니라 맞장구 쳐줄 것 같은 어린 왕자도 서 있다. 보이지 않는 것을 보는 것이란, 눈으로 공간적 장막을 거둬 보는 것만이 아니다. 시간과 역사로도 보는 것이다. 초현실과 현실의 연결은 단절과 확장에 의해서 더 풍부해진다.

오직 마음으로 보아야만 바로 볼 수 있다.

리옹 벨쿠르 광장에서 생텍쥐페리의 동상을 찾기란 쉽지 않았다. 아무리 찾아보아도 루이 14세의 가마상만 중앙에 있지, 생텍쥐페리 동상은 찾을 수 없었다. '어? 여기 벨쿠르 광장에 있다고 했는데' 안내서를 다시 확인해보니, 광장의 서쪽 끝에 있다는 표시다. 열심히 찾았는데도 보이질 않는다. '생텍쥐페리 동상도 없애고 다시 세우려고 하나?' 광장 여기저기가 공사 중이어서 든 생각이다. 더 구석구석을 찾아 헤맸다. 그러다 저 구석에 정말 자그마한 원형구조물이 보였다. 큰 나무들에 가려 동상인지 탑인지 구분이 어려웠다. '설마 저렇게 초라하게 동상을 만들어놨을라고. 관광객들이 얼마나 많을 텐데. 어린 왕자 책이 성경 다음으로 많이 팔린 책이라잖아. 팬이 얼마나 많겠어.' 그런데 생텍쥐페리의 동상이 맞다. 이거 아무도 없고 쓸쓸히 나무에 가려 뵈지도 않고, 그래서 동상을 배경으로 사진 찍는 것도 불가능하다. 겨울에 나무들이 앙상해져야 전경이 나온 사진을 찍을 수 있으려나. 나무에 가려져 바로 아래서 위를 처다봐야 보일 듯 말 듯하다. 바오밥 나무를 자라지 못하게 행성을 아꼈던 어린 왕자의 노력과는 반대로, 여기 벨쿠르 광장의 서쪽 끝은 높은 플라타너스들이 어린 왕자의 동상을 막고 서 있었다. 가까이 가니 비행슈트를 입은 생텍쥐페리와 그의 어린 왕자가 어렴풋이 보인다. 동상 탑 아래에는 글귀가 별과 함께 새겨져 있다.

ne a lyon le 29 juin 1900

mort pour la france

le 31 juillet 1944

j'aurai l'air d'etre mort

et ce ne sera pas vrai

1900년 6월 29일 리옹 출생

1944년 7월 31일 프랑스를 위해 사망

내가 죽은 것처럼 보이겠지만

사실은 그럴 리 없어요

정찰 임무를 위해 비행을 나갔다가 흔적도 없이 하늘로 사라져 버렸던 그의 마지막이 고독하고 애잔하다. 그리고 그 옆에는 어린 왕자 속 여우의 명대사가 쓰여 있다.

une etoile luisait deja

et je la contemplais

on ne voit bien

qu'avec le coeur.

l'essentiel est

invisible pour les yeux.


오직 마음으로 보아야만 바로 볼 수 있단다.

가장 소중한 것은 우리 눈에 보이지 않아.


　리옹은 국제공항을 생텍쥐페리공항이라 명명했지만, 실제 이곳은 어린 시절 잠시 살다간 곳이고, 전 세계를 날아다닌 그에게 생가나 고향의 의미는 그리 크지 않았을 것이다. 리옹도 그걸 잘 아는 듯했다. 비행사였으니 국제공항의 이름으로 생텍쥐페리를 명명한 것은 참 잘한 일이다. 그러나 그의 흔적을 찾고 관련 상품을 찾는 것조차 리옹에서는 쉽지 않았다. 아주 드문드문 그것도 작은 가게에서 중국산 어린 왕자 컵이나 노트, 접시 정도를 파는 수준이었다. 리옹인, 프랑스인들은 생텍쥐페리가 정신으로 남길 원하지, 그를 통해 상업과 이윤을 남기길 원하지는 않았다. 정신을 고양시킨 사람에게 상품으로 남으라고 할 이유는 없다.

하지만 상품이 아니면 여행객은 소비할 수 없고 소유할 수 없다. 리옹에서 어린 왕자의 독자는 생텍쥐페리를 소비하러 온 것이지 생산하러 온 것은 아니다. 체험은 현대 세계에서는 소비와 직결된다. 공짜만을 좋아하고 곁눈질만 하다가는 겉핥기 체험으로 끝날지도 모른다. 피곤하면 체험할 수 없다. 혀가 얼얼하면 갖가지 맛을 느끼지 못한다. 돈은 다른 곳에서 아껴 쓰고 몸을 충분히 쓸 수 있는 여행이 좋다. 패스트푸드면 어떤가. 방이 좁으면 어떤가. 세계 지리 체험 한번 하지 못하고 글자의 피곤함에 묻힌 지리학자가 되어서는 안 된다. 어린 왕자의 눈에 그런 지리학자는 체험하는 인간이 아닌 좀비였을 것 같다.

몇몇 샵을 들러 어린 왕자를 소비하기 위해 이것저것 상품들을 봤지만, 내 욕구를 채울만한 상품은 없었다. 이 정도면 우리나라 청평의 쁘띠 프랑스에서 찾는 게 더 빠를 듯하다. 1943년 발표된 어린 왕자는 벌써 60년이 넘었다. 이제 어린 왕자는 만인의 것이 되었나 보다.

1,9M

petit Paris

petit Paris

# 게이트웨이에서: 나는 샛별반이 좋다.

온전히 나만을 위한 시간.

홀로 너 자신만을 위해 시간을 써본 일이 있는가. 오직 너 자신만을 위해. 여행하며 늘 적는 란이 있다. 여행의 목적이 무엇입니까. 관광과 공무. 둘 중 하나겠지. 관광은 여행사에, 관광에이전시에 돈을 주고 나의 여행을 맡긴다. 공무는 일 때문에 가야 하는 것이고. 그렇다면 내가 즐기는, 오직 나만을 위해 여행을 기획하고 가본 일이 있는가. 지금 대부분의 중년들에게 그런 일이란 일어나지 않는다. 그런 일을 기획하지도 않는다.

행복은 순간의 행복과 장기적인 목표가 합쳐진 결과다. 안정된 직업을 가졌어도 지금 순간의 행복을 맛보지 못한다면, 지금 순간의 행복을 맛보더라도 장기적 목표감이 떨어진다면 행복의 질은 더 높아지지 않는다. 연금술사는 주변 광경을 즐기며, 너의 숟가락에 담긴 구슬 두 조각을 잊지 말라 했다. 어린 왕자는 보이지 않는 것을 볼 줄 아는 능력, 시간을 쏟아 키울 줄 아는 사랑, 그리고 그것을 늘 삶 속에 실행하는 것을 행복이라 했다. 지리학자의 삶이 책 속에서만 있을 수 없다. 모든 이론은 회색이며 오직 실천만이 저 푸른 나무 같다. 내 삶을 위해 내가 직접 기획하고, 실천하고 행해보는 것은 내 존재를 실현시키는 풍요로움이다.

소셜네트워크로부터 편안해지는 법.

하버드 행복연구에 의하면, 인생의 행복은 47세까지 쌓아놓은 인간관계이다. 이것이 평생의 행복을 결정한다. 이는 47세 이후부터는 자신의 개인경쟁력이나 지적능력보다는 네트워크의 능력이 더욱 중요함을 이야기하는 것이다. 예를 들어 투수는 계속 선발투수만 고집하면 실패한다. 코치로 가는 것을 거부하면 결국 인생은 망하는 것이다. 행복과 생산성을 동시에 잡지 못한다. 나이 들어서는 내면의 평화로움을 찾는 것이 중요하다. 그래서 좋은 사회는 결국 47세 이전에 인생을 설계하는 것을 돕는 것이다. 47세 이후에는 국가 지원과 기회 평등의 생산적 효과가 그 이전만큼 크지는 않다. 대학에서의 생애설계 그리고 40대의 새로운 인생이모작과 이들의 직업전환을 돕는 평생교육시스템은 그래서 중요하다. 평생교육시스템은 단순 지식전달만이 아니라 인간관계를 형성할 수 있는 시스템이어야 한다. 소셜네트워킹서비스와 사이버교육이 결합되면 시너지가 분명 있을 것이다.

돌아오는 비행기 안. 옆자리에 앉은 중년 아저씨의 책이 눈에 들어왔다. 책 제목은 '남편과 아내로부터 편안해지는 법'이다. 그런 책도 있었고, 그런 책을 읽는 사람도 있었다. 그러나 그 중년 남성의 삶에 대한 관점이 이내 달리 보인다. 집착으로부터 벗어나는 해법이 있을 것 같다. 가장 가까이 있는 사람에게는 당연히 집착하게 마련이다. 그러면서 서로에 대한 기대는 부풀고 그래서 싸움은 지속된다. 여행도 쉽게 싸움을 동반한다. 큰 싸움은 아니어도 티격태격하는 언사는 있게 마련이다. 여행이란 기획이 없고 풀어지는 마음으로 임한다. 마음과 맞지 않는 것이 생기기 마련이다. 누군가에 의한 강요도 없다. 가까이 있는 사람을 편안하게 만들어주는 법이 그래서 필요할지도 모른다. 모르는 사람을 잘 대하는 전략적 대인관계를 역설한 카네기의 인간관계가 지배하는 시대는 지나고, 아는 사람들끼리의 새로운 관계학을 만들어가는 논리가 바로 지금 소셜네트워크가 폭발하는 시대에도 걸 맞는다. 이제 우리는 사람들에게 가까이 다가가는 법이 아니라 '가까이 있는 사람으로부터 편안해지는 법'은 앞으로의 인생 모토로 삼고 살아가야 할지도 모를 일이다.

땅에서 넘어진 자 땅을 딛고 일어나라.

"나는 어느 날 아침에 본, 나무 등걸에 붙어 있던 나비의 변태기를 떠올렸다. 나비는 번데기에다 구멍을 뚫고 나올 준비를 서두르고 있었다. 나는 잠시 기다렸지만 오래 걸릴 것 같아 견딜 수 없었다. 나는 허리를 구부리고 입김으로 데워 주었다. 열심히 데워 준 덕분에 기적은 생명보다 빠른 속도로 내 눈앞에서 일어나기 시작했다. 집이 열리면서 나비가 천천히 기어 나오기 시작했다. 날개를 뒤로 접으며 구겨지는 나비를 본 순간의 공포를 영원히 잊을 수 없을 것이다. 가엾은 나비는 그 날개를 펴려고 파르르 몸을 떨었다. 나는 내 입김으로 나비를 도우려고 했으나 허사였다. 번데기에서 나와 날개를 펴는 것은 태양 아래서 천천히 진행되어야 했다. 그러나 때늦은 다음이었다. 내 입김은 때가 되기도 전에 나비를 날개가 쭈그러진 채 집을 나서게 한 것이었다. 나비는 필사적으로 몸을 떨었으나 몇 초 뒤 내 손바닥 위에서 죽어 갔다. 나는 나비의 가녀린 시체만큼 내 양심을 무겁게 짓누른 것은 없었다고 생각한다. 오늘날에야 나는 자연의 법칙을 거스르는 행위가 얼마나 무서운 죄악인가를 깨닫는다. 서둘지 말고, 안달을 부리지도 말고, 이 영원한 리듬에 충실히 따라야 한다는 것을 안다."

그리스인 조르바의 문구다. 우리가 행복을 말할 때도 격차를 줄임과 동시에 욕구도 줄여야 하는 것은 당연하다. 자칫 복지를 확대하자고 격차를 줄이지만 동시에 욕구가 늘어나면 아무리 격차가 줄어도 그만큼 상쇄되어 행복은 박탈된다. 음식 뷔페가 그렇다. 우린 뷔페에 가면 적당히 먹던 습관도 갑작스레 최선을 다해 배가 찰 때까지 먹으려 든다. 공공 도서관의 인쇄복사기도 그렇다. 공짜로 시민에게 인쇄복사를 제공하면 복사하지 않아도 될 컴퓨터 파일들을 굳이 복사해서 집에까지 가져간다. 그런데 복사비를 10장당 100원씩만 책정해도 인쇄복사의 양은 확 줄어든다. 또한 마트의 카트에 100원짜리 동전이 없었다면 얼마나 어지러울 것인가. 아무리 직원들이 재빨리 치운다고 하지만 매장에 주차장에 로비에 여기저기 수많은 카트가 너부러져 있었을 것이다. 그런데 놀랍게도 그 작은 100원이 수많은 사람들이 드나드는 마트의 질서를 형성한다. 공짜의식은 우리에게 부재하던 욕구도 불러일으켜 새로운 욕구, 충족되어야 할 욕구를 잉태한다. 삶에 기본적인 생존욕구의 지원은 국가의 중요하고도 기본적인 기능 중의 하나이다. 우리에겐 이 부분이 아직도 많이 부족하다. 그렇지만 그것이 일정한 선을 넘어 과잉 지원되면 당장 필요 없는 욕구를 양산하고 자발적인 노력은 감퇴하여 결국 열정은 사라지고 행복은 감소한다. 자본주의는 끊임없이 차별화의 욕구를 외파시켜 인간을 불행하게 만들지만, 사회주의는 끊임없이 동질화의 욕구를 내파시켜 인간을 불행하게 만든다.

사실 인간은 완전히 합리적인 동물이 아니다. 대안이 많을수록 최적화된 선택을 내릴 듯하지만 결국 선택 후에 후회한다. 대안이 많다는 것은 곧 대안이 제한되지 않음을 뜻한다. 새로운 대안들이 자꾸 등장하게 되면 정확한 비용과 효과의 계산은 더더욱 어려워진다. '선택의 기회비용'을 고려했을 때 극대화자(maximizer)는 결국 후회하게 된다. 개인 스스로 우선순위를 정해 '감'으로 평가하는 사람이 오히려 만족도가 더 높다. 제한된 환경하에서 만족도가 높아지고 선택도 빨라지는 것이다. 그래서 모든 것이 갖추어진 최상의 조건이 아니라, 재능이 조금 부족하거나, 가족들을 생각해서 고향에서 일자리를 찾아야 한다는 약간의 구속이 있거나, 불경기라서 일단 안정적인 일자리를 찾아야 한다거나 하는 생각이 있다면 더 잘 살 수 있을지도 모른다고 배리수워츠는 말한다. 대안이 적고 제약이 더 많다면 많은 맞바꿈은 제거될 수 있고 자기 의심은 줄어들 수 있는 반면 만족은 커질 수 있고 일단 내린 결정의 재고는 줄어들 수 있다. (물론 너무 부족하면 제한된 인지능력으로 비합리적인 선택을 하게 된다. 그래서 최적점을 찾아야 한다.)

국가의 지원역할도 비슷하다. 언제나 수요공급의 평형상태, 즉 모든 정보가 공개된다고 가장 효율적으로 모든 것이 시장처럼 작동하는 것이 아니다. 특히 그 지원이 사람일 경우에는 더더욱 그렇다. 자신이 공급하려는 상품을 찾는 수요자가 아주 많아서 가격을 흥정할 수 있는 좋은 조건을 이상적으로 가정하지만 이는 무한한 시간을 가정하고 있는 것이다. 무한한 시간과 공간이란 없다. 제한된 시간과 공간 내에서 최대한의 선택을 해야 한다. 그럴 때 회사의 이익도 극대화된다. 최고의 이익을 위해 대안이 너무 많아서 시간을 끌다 보면 늘 회사의 의사결정권자는 최고의 이익이 있었음을 개탄하게 된다. 장고 끝에 악수가 나오는 결과를 빚게 되는 것이다. 어느 정도의 제한된 시간과 공간 그리고 조건 내에서 이익을 실현하게 되면 그래서 그렇게 할 수밖에 없었다는 구속이 존재하면 만족도는 더욱 높아진다. 최종의사결정권자의 만족도도 높아진다. 결국 이는 회사 구성원의 만족도로 이어지게 된다.

국가의 복지수혜를 받는 사람들도 그것을 극대화하기 위해서는 선택지를 줄일 필요가 있다. 복지수혜자가 최선의 혜택을 받기 위해 많은 정보를 찾아야 하고 최적의 복지수혜 선택을 하게 만들면 국가복지 자체가 오히려 수혜자에게 만족감을 주지 못한다. 수혜자에게 효율적 선택을 하도록 만드는 것이 오히려 정책의 효과를 떨어트릴 수 있다. 이는 교육지원도 비슷하다. 많은 좋은 조건을 가진 학생, 즉 집도 부유하고 무엇을 할지 대안도 많은 학생들에게 국가에서 지원할 경우 국가지원에 대한 학생들의 만족도는 현격히 떨어진다. 대안이 많기 때문에 자신들이 장학금을 주는 학교를 선택한 것에 대한 후회도 많다. 많은 최고의 대학에서 국가장학금을 받는 학생들이 학교에 오히려 불만이 더 많은 것도 이런 이유에서다. 최고의 인재를 키우기 위해 국가에서 지원한다고 하지만 결국 국가지원의 만족도는 높지 않다. 반면 선택의 여지가 별로 없이 공부해야 하는 사람들이 국가의 지원을 받게 되면, 즉 자신은 공부하고 싶은데 모든 조건이 받쳐주지 않고 대안이 국가의 지원제도밖에 없는 학생들에게 국가지원이 제공되면 그 만족도는 더욱 높아질 것이다. 선택지가 없는 학생들이 국가지원을 선택할 수 있게 하는 제도가 후생과 효용의 면에서 월등하게 우월하다.

우열반에서 샛별반으로.

파리에 있는 리옹역이 아닌 '대전에 있는 대전역'에서 있었던 일이다. 서울에서 KTX를 타니 아주 빨리 금방 왔다. 잠깐 졸다 깨니 벌써 대전이다. 다음부터는 절대 졸면 안 되겠다. 지나치면 바로 대구다. 너무 빠른 시대에 살고 있으니 정말 정신 바짝 차려야 한다. 졸기라도 했다간 거꾸로 목적지로 되돌아가야 한다. 그런데 대전역에 도착하니 정반대로 택시 잡기는 하늘의 별 따기다. 200킬로 넘는 길을 한 시간에 달려왔건만, 3킬로밖에 되지 않는 곳을 가기 위해 1시간이 걸렸다. 그건 걸어가서 그런 것이 아니라 짐이 있어 택시를 타려고 하다 보니 그렇게 되었다.

대전역에 내리면 택시들이 죽 열을 지어 순서대로 대기하고 있다. 손님들도 기차에서 내려 택시 승강장으로 가서 순서대로 탄다. 그런데 내 차례가 되어 택시를 타고 기본요금 정도 나오는 거리를 가자고 하니 안 된다고 한다. 다음 택시를 타도 승차를 거부당한다. 택시를 잡을 수 없는 이유는 택시가 없어서가 아니라 반대로 너무 많아서다. 택시가 너무 많아서 택시들이 일이십 분씩은 족히 기다리다 보니 보낸 시간이 아깝고 그러다 보니 나 같은 짧은 거리의 기본요금 승객은 승차 거부당하기 일쑤다. 그런데 그런 사람이 나 하나가 아니다. 이번엔 할아버지 두 분이 걸렸다. 짧은 거리인지 그분들도 계속 택시를 탔다가 내렸다가 한다.

사실 여기서 아쉬운 부분은 '알레아적 공유' 이다. 그냥 내가 운 나쁘게 걸렸다 생각하면 속 편하다. 모두가 그렇게 생각하면 공평하게 기본요금 손님이 택시기사마다 똑같이 분배되기 때문이다. 시장의 원리가 작동하는 것이다. 시장은 다름 아닌 운이 공평하게 분배되는 시스템이다. 100대의 택시에 나눠 타는 100명의 손님 중 10명이 짧은 거리라면 택시는 10명 중 1명만 짧은 거리의 손님을 태우면 된다. 산술적으로 10% 정도의 손님은 기본요금승객으로 공평하게 나뉜다. 그런데 문제는 나쁜 기사와 착한 기사가 섞여 있는 경우이다. 이때 이기적인 나쁜 기사가 훨씬 많은 이득을 얻는 것이 사실이다. 이기적인 기사가 50명이고 착한 기사가 50명이라면 이기적인 기사가 착한 기사보다 몇 배의 이득을 얻을 것이다. 짧은 기본거리의 사람은 착한 기사가 혼자 바가지를 쓰고 계속 태우게 된다. 같은 시간을 기다리고 썼건만 착한 기사는 이기적인 기사에 비해 반밖에 돈을 벌지 못하고 이기적인 기사는 두 배 이상을 벌 것이다. 그리고 착한 기사는 이기적인 기사가 많으니 금방 눈에 띄고 자기도 그렇게 하고 싶은 욕망이 금세 솟아오를 것이다. 사회는 아주 빨리 착한 기사를 쫓아내고 이기적인 기사로 채워지는 그레샴의 법칙이 지배한다. 결국 이기적인 기사들만 넘쳐나고 기본요금 승객들은 택시를 못 타고 전전긍긍하는 사태가 도래할 것이다. 택시서비스 시스템은 최악의 상황이 되고 손님들의 불만은 극에 달할 것이다.

　그런데 만약 상황을 바꾸어서 이기적인 기사가 10명 정도이고 착한 기사는 90명 정도라면 어떨까. 문제가 없어질까? 아니다 더 큰 문제가 생긴다. 이기적인 기사는 자신의 노동보다 훨씬 더 많은 돈을 벌게 된다. 주위에 착한 기사들이 많으니 자신이 승차거부를 해도 금방 태워주는 착한 기사들이 많다. 손님들 불만도 그다지 크지 않고 불만도 눈에 띄지 않으니 계속 오랫동안 이기적인 행위를 해도 이익을 계속 보장받을 것이다. 계속 그 상태로 갈 가능성이 높다. 이는 안정되고 신뢰가 높은 사회에서 이기적으로 행동하는 자는 더욱 많은 이득을 가져갈 수 있음을 뜻한다. 신뢰기반의 민주주의 약점은 이런 것이다. 이럴 경우의 이득은 자신이 뛰어나기 때문이라고 단정적으로 말하기 어렵다. 자신의 이기적 행동이 사회적 신뢰감 때문에 원래 받아야 할 보상보다 더 많은 보상을 받을 수 있기 때문이다. 민주주의가 진척되어 좋은 사회로 진화될수록 나쁜 짓을 몰래 하는 소수의 이기적 인간들은 그만큼 더 많은 이익을 얻을 확률이 높다. 우리나라의 경우 위장전입이 그렇고, 전관예우가 그렇고, 병역면제가 그렇다. 그래서 노블레스 오블리주는 선택이 아닌 필수다. 인간 역사상 최선의 시스템인 민주주의의 약점을 지속적으로 보완하기 위한 필수적인 장치인 것이다.

파리나 유럽의 대도시는 짧은 거리의 사람들이 손쉽게 택시를 탈 수 있는 시스템을 만들었다. 별로 대기하지 않은 맨 뒷줄의 택시를 탈 수 있게끔 짧은 거리의 승객들은 따로 트랙을 만들어 배려한다. 불이익을 받는 사람이나 조직이 어떤 조건에서 그럴 수 있는가를 살피고 이를 공평하게 하기 위한 세심하고도 짜임새 있는 제도를 짜는 것이 국가의 경쟁력이다. 회사조직의 경쟁력이야 하위 열등자들을 자르는 것이 일이겠지만, 국가는 회사가 아니다. 국가는 공정과 정의를 실현하기 위해 기계적 우열을 보완하고 수정한다. 하위에 속한 사람들에게 어떤 조건을 만들어주어야 회복 가능한지를 고민하는 것이 본류이다. 일등은 국가가 칭찬해주지 않아도 이미 많은 사람들이 칭찬한다. 그래서 중위에서 상위로 올라간 사람이나 상위에서 상위를 유지한 사람은 관심대상이 아니다. 그들은 오히려 어떻게 하면 노블레스 오블리주를 실천할 수 있는지 분위기를 조성하는 것이 더욱 중요하다. 오히려 국가는 하위에서 중위로 올라가는, 즉 이 사회에서는 가장 어려운 계층상승과 그런 사람을 받쳐주는 시스템을 고민해야 한다. 하위에서 상위로 올라가는 이는 이제 더 이상 정상 시스템 내에서는 쉽게 찾기 어렵다. 연예계 스타조차도.

그런데 문제는 국가가 그런 노력에 서투르다는 것이다. 하위에서 하위로 존속되는 사람들의 복지에만 관심이 있을 뿐, 누가 하위에서 중위로 올라갔는지, 그리고 그런 일에 기여하는 조직은 어디에 있는지를 전혀 모른다. 하층에서 최상층부의 자리에 오른 아주 예외적인 사람들에게만 관심이 있을 뿐이다. 물론 그런 사람들을 찾기가 어렵기 때문에 이해는 하나 더 이상은 이해하기 어렵다. 국가적 역량으로 전문가를 찾고 정책을 찾고 시스템을 만드는 것이 충분히 가능한데도 방관하고 있기 때문이다. 그런데 더 큰 문제는 이제 한국의 위기가 바로 그곳에서 비롯되고 있다는 것이다. 이제 대한민국호는 우열반을 폐지하고 샛별반에게 관심을 쏟을 때가 되었다.

petit Paris